朝日俳壇 2022

長谷川櫂
大串章
高山れおな
小林貴子
選

目次

装幀・版画　原田維夫
題印　三田秀泉

年間秀句と「朝日俳壇賞」受賞作品・評

【長谷川櫂選】 年間秀句

（◎は「朝日俳壇賞」受賞作品。作者名下の数字は掲載ページ）

汀子選終焉《しゅうえん》といふ年惜む　（今治市）横田青天子　二六

初花や吉野に汀子物語　（枚方市）石橋　玲子　七五

戦争のはらわた晒《さら》す春の泥　（川崎市）杵渕　有邦　八一

真つ先に子供から死ぬこどもの日　（高松市）島田　章平　一一三

限りなき時のはじまる夏休み　（弘前市）清水　俊夫　一二六

浅間山その三倍の雲の峰　（戸田市）蜂巣　幸彦　一三三

原爆忌イマジンせよと歌ひけり　（東京都）片岡　マサ　一四五

巨大なるフラスコなりき広島忌　（横浜市）我妻　幸男　一五五

◎一億の怒りの葡萄《ぶどう》となりにけり　（八王子市）額田　浩文　一七七

龍《りゅう》潜むやスコットランドの深き淵　（オランダ）モーレンカンプふゆこ　一九〇

稲畑汀子さんを偲んで

長谷川　櫂

朝日俳壇選者を長年務めた稲畑汀子さんが亡くなって一年。歳月の距離をおいて眺めると、たしかにオーラのある人だった。オーラとはその人の放つ輝きである。俳句の世界にかぎらず汀子さんのような人は今後現れないだろうと思う。

あの輝きはどこから生まれたか。何より人間としての器の大きさが大事であることはもちろんだが、正岡子規、祖父の高浜虚子からつづく高浜家の文化力、それに稲畑家の財力が関わっていただろう。いいかえれば人間の器に文化力と財力が備わっていた人だったのではないか。

十八世紀後半の近代市民革命で誕生したブルジョアジー（有産市民階級）は王侯貴族の文化力を身につけようと努力した。彼らにとって財力は文化力と一致するべきものだった。日本におけるその最後の光芒を描くのが谷崎潤一郎の『細雪』である。

ところがある時期から財力のある者が文化力を見向きもしなくなった。こうして「金があるだけの金持ち」が大勢、誕生した。この現象は今後ますます進むだろう。汀子さんのような人は今後現れないと思うのはそうした深刻な理由があるからである。

横田さんの〈汀子選終焉といふ年惜む〉、石橋さんの〈初花や吉野に汀子物語〉はその汀子さんの余韻を惜しむ句である。

二〇二二年は世界と日本にとってとんでもない悪年だった。ロシアはウクライナを侵略し、泥沼の戦争の終わりは見えない。東京オリンピックの腸に群がった金の亡者たちの実態も暴かれた。スポーツが欲望の餌食になることはスポーツ選手自身が知るべきだろう。純粋にスポーツをしていればいいではすまない。

年間賞の額田さんの〈一億の怒りの葡萄となりにけり〉は二〇二二年の空気をみごとに句にしている。この世で起こるすべてが詠めなければ本物の俳句ではない。それのできる人である。

【大串章選】 年間秀句

電飾のおとぎの国や冬の庭　（伊丹市）保理江順子　一二

獣みな漢字一文字山眠る　（神戸市）倉本　勉　三〇

◎人生に空籤《からくじ》はなし竜の玉　（中間市）松浦　都　四二

兜太逝き汀子も逝きて春寂し　（弘前市）今井　則三　六七

戦なき空のうれしき燕《つばめ》かな　（長野市）縣　展子　六九

戦災児生きて米寿の花に会ふ　（東京都）橋本　栄子　七三

戦なき国に住む幸花仰ぐ　（八王子市）大串　若竹　七九

天空を駱駝の列か黄砂降る　（呉市）居倉　健二　九五

人生の終着駅や籐寝椅子　（熊本県氷川町）秋山千代子　一〇一

潔き白寿の母よ紅葉散る　（名古屋市）平田　秀　二二六

兜太先生、汀子先生、ありがとう

大串　章

令和4年2月27日、稲畑汀子さんが亡くなった。享年91。稲畑さんは昭和57年9月から令和3年12月まで朝日俳壇の選者を務めた。

句に生きし花のひと世や汀子逝く　池田　祥子
何もかも汀子先生らしく春　橘　玲子
汀子師を偲ぶ虚子忌となりにけり　多田羅初美

朝日俳壇には多くの追悼句が寄せられた。一句目。講演集『俳句と生きる』もあるように、俳句と生きつづけた「花のひと世」であった。二句目。代表作〈今日何もかもなにもかも春らしく汀子〉を踏まえる。三句目。「虚子忌」にも「汀子師」を偲ぶ。虚子は汀子さんの祖父。

汀子さんと共に兜太さんを思い出す人も多かった。

兜太逝き汀子も逝きて春寂し　今井　則三
兜太と汀子くらべて偲ぶ月の夜　小林　幸平

一句目。兜太さんは汀子さんと同じ「春」（平成30年2月20日）に亡くなった。享年98。二句目。「兜太と汀子」は正に対照的、私は両氏のバトルを楽しく拝聴した。たまたま両氏が同じ句を選んだ時「金子さんも選句がうまくなったわねぇ」と稲畑さんが言った時は大笑い。

ところで、昨年はウクライナ紛争に関わる句が多く寄せられた。

戦なき空のうれしき燕かな　縣　展子
戦なき国に住む幸花仰ぐ　大串　若竹
コロナ禍とウクライナ危機春寒し　福沢　義男
母の日も戦争容赦なく続く　太田太右衛門

ロシアのウクライナ侵攻が始まってから一年、現地の悲惨な状況をテレビで見る度に胸が痛み、改めて平和の有難さを思う。ウクライナ紛争の一日も早い収束を心より願う。

【高山れおな選】 年間秀句

冬の夜の口笛永く聞えけり　（岸和田市）大内　純子　一六

オリンピアンのキラキラネーム春動く　（柏市）田頭　玲子　六一

春泥や遺物のごとき戦車ゆく　（広島市）髙垣　わこ　七六

つまんねえつまんねえと猫のどけしや　（茅ヶ崎市）加藤　西葱　九二

菜の花の迷路に溶けてしまふ子よ　（大阪市）今井　文雄　九九

◎何だか大人つぽい雨後の新樹よ　（藤岡市）飯塚　柚花　一二五

少年の蹴る走り蹴る炎天下　（我孫子市）森住　昌弘　一三四

稲刈り終へて地の息に囲まるる　（越谷市）新井髙四郎　一八五

宵寒の易者にすがる妊婦かな　（志木市）谷村　康志　一八八

血みどろの地球の影に月凍《い》つる　（八王子市）額田　浩文　二二一

二つの月食

高山れおな

　年間秀句の十句目、額田浩文さんの〈血みどろの地球の影に月凍つる〉は、二〇二二年十一月八日の皆既月食を詠んだもの。じつは昨年の年間秀句の十句目も月食の句だった。鈴木幸江さんの〈月食や愛もつ星の影うごく〉がそれで、これは二〇二一年十一月十九日の部分月食（ただし、月の大部分が隠れた）がテーマになっている。二〇二二年の最大の事件はもちろんロシアのウクライナ侵攻であり、日本ではこれにさらに安倍晋三元首相暗殺が加わる。忌まわしい出来事が起こらない年などありはしないのだが、それでもなお二〇二一年には「愛もつ星」と詠むことが可能だった。それが一年後には、「血みどろの地球」という形容が誇張でもなんでもなくなってしまったのだ。構図的には両者同工であることは気になったものの、このコントラストの衝撃を思うと、額田さんの句を年間秀句に取らないわけにはいかなかった。

　朝日俳壇賞とした飯塚柚花さんの句は、俗語的な表現が絶妙な効果を上げている。「何だか大人っぽいね」とか「大人っぽくなったね」というような言い回しは、ありふれた凡庸なものだ。ところが、その同じ言葉が「雨後の新樹」と取り合わせると驚くほど新鮮なのだ。作者は雨あがりの新樹の美しさにハッとすると同時にこのフレーズを思いついたのではあるまいか。そんな想像をするのは、アップデートされた自由律という感じもするこの句の韻律が、いかにも生《なま》な感動を伝えているから。

　新鮮ならぬ古風に引かれたのは谷村康志さんの〈宵寒の易者にすがる妊婦かな〉。易者というモティーフをかな止めで詠めばどうしたって古めかしくなるが、「すがる妊婦」のただならなさはどうだ。妊娠をおめでたとは言うものの、実際の状況はさまざま。〈住吉の雪にぬかづく遊女哉　蕪村〉や〈木がらしや地びたに暮る、辻諷《つじうた》ひ　一茶〉のような句の末裔《まつえい》に会った思いがした。

【小林貴子選】　年間秀句

道中のものは描かれず涅槃《ねはん》絵図
（大阪府島本町）芹澤　由美　六四

この星に出づる他なき地虫かな
（八王子市）額田　浩文　七一

早い者勝ちはきらひや春炬燵《はるごたつ》
（大阪市）大塚　俊雄　七七

梯梧《でいご》真つ赤復帰の前もその後も
（高松市）島田　章平　一〇三

北向きの書斎は陣地額の花
（多摩市）吉野　佳一　一一三

◎玉虫のかしやと音して飛び立てり
（我孫子市）藤崎　幸恵　一二八

音速を遅しと思ふ遠花火
（東京都）髙木　靖之　一四四

勝負見えなほ滑り込む残暑かな
（町田市）藤巻　幸雄　一五七

押し合いに凹《へこ》む粒あり葡萄園《ぶどうえん》
（行方市）前野平八郎　一七〇

病窓やさながら秋の雲図鑑
（姫路市）橋本　正幸　二〇二

選句を始めて思うこと

小林貴子

二〇二二年四月から、朝日俳壇の選者を務めさせて頂くこととなった。記念すべき選句一回目の一席が芹澤由美さんの〈道中のものは描かれず涅槃絵図〉で、これは忘れられない。その回の二席が石井治さんの〈春遠し防空壕の新生児〉で、ロシアによるウクライナ侵攻を詠ったものと思われる。突然の侵攻という事態は、年間を通じて数多の句を生み、いずれも、やむなく「今これを詠わねば」という切迫感に満ちていた。また、三席は横田青天子さんの〈春眠や汀子先生御健在〉で、二月二十七日に亡くなられた稲畑汀子先生に寄せる作が当時たいへん多く、先生がいかに愛されていたかが投句からひしひしと感じられた。さらに、汀子先生と金子兜太先生の丁々発止のやりとりを懐かしみ、一句にてお二人を追慕する作もあった。伝統派と現代俳句協会の目指すところは、ある意味正反対と考えられがちだが、お二人の「俳句に垣根なし」とする志は晴朗で、私もこれを受け継いでいきたいと思う。

朝日俳壇賞は、藤崎幸恵さんの〈玉虫のかしやと音して飛び立てり〉とした。厨子に装飾として用いられる、あの玉虫の羽の質感が、カシャという音で捉えられた。死後も残る美的価値とは別の、まさに今生きている玉虫の命が印象的に詠われた。

新型コロナウイルス感染爆発から三年目、ウィズコロナで折り合いをつけようという矢先に、軍事侵攻という新たな難題が地球を暗く覆ってしまったこの年。毎週朝日俳壇に寄せられる俳句は、その週の出来事をすかさず捉えている。平和の希求、人類が現状の活動を続けていて地球は存続できるのかという問題、分断という不安から、スポーツの盛り上がり、日常生活の喜怒哀楽まで。皆さんの膨大な投句から感じるのは、俳句は最短詩型だが、何でも詠えるということ。そしてその文学活動は無力ではないということ。必ず良き明日を迎える糧になると信じている。

新春詠

白き大地

長谷川　櫂

ここもまた戦場の果て初寝覚
君となら濁世も楽し花びら餅
春立つや白き大地に又一年

初夢

大串　章

松原を抜け初凪《はつなぎ》の海眩《まぶ》し
初夢は兜太汀子と決めて寝ぬ
若き日の傍線あまた読み始む

時は過ぎゆく

高山れおな

聖夜読む牛肉部位図愛いづこ
水涸《か》れてなほ虎の詩を書き直す
初電車吐出すマスクの兎《うさぎ》ばかり

草原

小林　貴子

初浅間噴きたき思ひひりひりと
草原にかがめばそばに来る兎
落選もみんな我が子よ初句会

朝日俳壇　二〇二二年

【高山れおな選】　一月九日

冬の夜の口笛永く聞えけり　（岸和田市）大内純子

いくつもの仮面脱ぎ捨て木の葉髪　（岡崎市）金丸智子

楽しめり正月といふ曖昧《あいまい》を　（境港市）大谷和三

綿虫に減速・徐行・歓呼かな　（東大和市）板坂壽一

空つぽになるまで鳴いて冬鴉《ふゆがらす》　（東京都）望月清彦

小春日の記憶の扉ふいに開く　（千葉市）相馬詩美子

鬼平の逝きて木枯し鳴りやまず　（生駒市）樋本和恵

なりゆきに任せて冬も籠《こも》りけり　（袖ケ浦市）浜野まさる

霜の夜のぞつとするほど星の数　（伊万里市）萩原豊彦

葡萄牙《ポルトガル》料理で食らふ鰯《いわし》かな　（藤沢市）西　智

あざすとは何語なりしか氷面鏡《ひもかがみ》　（厚木市）奈良　握

出前持ちも工場長も焚火の輪　（霧島市）久野茂樹

マスクして生きてをるぞと思ふ日々　（新潟市）岩田　桂

評　大内さん。遠くまで聞こえ続ける口笛が澄み切った夜気を感じさせる。古人が鉢叩《はちたたき》に感じていたのは、あるいはこんな情趣か。金丸さん。疲れが滲《にじ》む自己観照だが、「脱ぎ捨て」には前向きな印象も。大谷さん。「曖昧」に共感。尾崎紅葉に、〈混沌《こんとん》として元日の暮れにけり〉。

【長谷川櫂選】　一月九日

顔見世やそれにつけても吉右衛門　（尼崎市）田中節夫

焼芋を吹いて叩いて冷ましけり　（彦根市）川村信子

恋多き尼僧の墓に雪こんこん　（東京都）小山公商

一年を一枚にして年賀状　（飯塚市）釋　蜩硯

大寒へ向かふ一億二千万　（武蔵野市）相坂　康

この人のマスクの他の顔知らず　（香川県琴平町）三宅久美子

寂聴の旅は終はりぬ冬日和　（立川市）須崎武尚

やめるのはどちらが先か賀状書く　（豊岡市）山田耕治

行きつけの店見当たらず暮早し　（鎌倉市）石川洋一

お互ひの猫背を笑ふ炬燵《こたつ》かな　（大分県日出町）松鷹久子

老骨を一日癒す懐炉かな　（伊丹市）保理江順子

鬼平の逝きて大江戸冬ざるる　（生駒市）樋本和恵

老いしことまざまざと知る寒さかな
（長岡京市）寺嶋三郎

評　一席。たいした意味はないが、絶妙な味わいを出す言葉がある。この句の「それにつけても」がそれ。二席。アツアツの焼き芋。冷まそうと奮闘する人。三席。寂聴さんの新しい墓に降りしきる雪。その一生を降り埋めるかのように。十三句目。ふと見えた自分の姿の寒さ。

【大串章選】　一月九日

柿熟れて過疎より過去へ峡《かい》の村　（仙台市）三井英二

追羽根《おいばね》に空の広さを楽しめり　（厚木市）北村純一

振り上げし鍬《くわ》の重たく冬耕す　（亀山市）鈴木秋翠

初暦まづ書き入れし誕生日　（下関市）内田恒生

冬の灯や企業戦士の影動く　（長崎市）下道信雄

寒空や人相悪しき雲現るる　（広島市）谷脇　篤

廃校の今も賑はふ落葉かな　（多摩市）岩見陸二

酒好きの家系つくづく帰り花　（安中市）早瀬裕昭

未公開の秘仏抱きて山眠る　（東村山市）髙橋喜和

恙無《つつがな》し老いの布団を並べ干す　（埼玉県宮代町）鈴木清三

こども食堂小さき聖樹を灯しけり　（堺市）植松順子

いてふ散る往き交ふ人のまぼろしに　（羽咋市）北野みや子

水仙に明け水仙の暮れ残る　（東かがわ市）桑島正樹

評

第一句。「かき」「かそ」「かこ」「かい」の頭韻が佳《よ》い。「峡の村」の歴史を想い、〈里ふりて柿の木もたぬ家もなし　芭蕉〉を思う。第二句。羽根を突き上げ、空の広さを楽しむ。言い得て妙。第三句。青壮年の頃は軽々と鍬を振り上げていたが今は重たい。因《ちな》みに作者は現在93歳。

【長谷川櫂選】　一月十六日

離れても二人生きてる初山河　（飯塚市）古野道子

人の世の老若男女夜学生　（寝屋川市）今西富幸

白鳥の群がる湖や別世界　（新潟市）岩田　桂

☆電飾の端持たさるる雪だるま　（岩国市）冨田裕明

東口ペデストリアンデッキ冱《い》つ　（野田市）松本侑一

こんな年も終はり近づく落葉《おちば》掻《かき》　（川越市）横山由紀子

ものごころつきしころより根深汁　（町田市）武部和夫

煮凝《にこご》りや父の無言のなつかしく　（境港市）大谷和三

凩《こがらし》や小銭確めコップ酒　（岐阜市）金子秀重

鵜《う》と鴨《かも》と潜水競ふ小春かな　（奈良県王寺町）前田　昇

ワクチンを頼む命の寒さかな　（愛西市）小川　弘

青空と落葉は冬の贈り物　（京都府与謝野町）千賀壱郎

半分のマスクの顔の無愛想　（名古屋市）山内基成

（☆は二人以上の共選作）

評

一席。この広い宇宙にたった二人。夫は入院中とある。堂々たる句になった。二席。この句の描く世界を知らない人もいる。どんな人生なのか、さまざまな夜学生。三席。人間界とは違う光に包まれた白鳥の世界。この世ならざる光景。十三句目。目は口ほどには語らない。

【大串章選】　一月十六日

綿虫の雲へ帰つて行きにけり　（東かがわ市）桑島正樹

落葉掃くその人に降る落葉かな　（平塚市）日下光代

電飾のおとぎの国や冬の庭　（伊丹市）保理江順子

毛糸編む一駅ごとに車窓見て　（長野市）縣　展子

どこまでも風に追はるる枯葉かな　（横浜市）岡本吉雄

荒巻を吊りし生家や解体す　（川越市）大野宥之介

噴煙の向きたしかめて冬田打つ　（熊本市）加藤いろは

ベルリンの壁をつくづく小春かな　（奈良市）斎藤利明

綿虫の溜め息ひとつゆらめけり　（輪島市）國田欽也

愉《たの》しみは火鉢に土鍋据ゑしより　（伊万里市）田中南嶽

冬耕の一人に天地ありにけり　（今治市）横田青天子

冬晴れの遠山見ゆる忌日かな　（取手市）うらのなつめ

雪吊の縄一筋も遊ばせず　（羽咋市）北野みや子

評

第一句。空に広がる白雲と小さな綿虫の取合《とりあわ》せ。「雲へ帰つて行きにけり」にポエジーを感じる。第二句。俳諧味あり。落葉を掃く「その人に」降る、と言ったところがおもしろい。第三句。さびしい「冬の庭」が楽しい「おとぎの国」に一変。点滅するイルミネーションが美しい。

【高山れおな選】　一月十六日

冬夜空宇宙で遊ぶ人も居り　（新宮市）中西　洋

凍蝶《いてちょう》のごと固まれり筆の先　（三鷹市）二瀬佐惠子

冬の蝶母さん来たと妻が言ふ　（下関市）高路善章

☆電飾の端持たさるる雪だるま　（岩国市）冨田裕明

垂れこめる雲の中なるみかん園　（昭島市）奥山公子

訊《き》かれたることには応へ暦売　（大阪市）今井文雄

歩みつつ諭す電話の息白し　（東大和市）板坂壽一

冬温し面白がつて生きてゐる　（神戸市）森木道典

去年今年《こぞことし》兜太よ我も糞《ま》る平和　（船橋市）斉木直哉

裏と呼ばるる海の冬至の暗さかな　（柏崎市）阿部松夫

遺句集は個性ぎんぎん冬落暉《らっき》　（静岡市）杉田さいこ

葉大根一本持つて行けといふ　（奈良市）上田秋霜

死神を叩き出したる干蒲団　（長野市）縣　展子

評

中西さん。「遊ぶ人」という把握の距離感に納得。二瀬さん。凍蝶の比喩がそれを解《ほぐ》して字を書く楽しさを予感させる。高路さん。蝶などほとんど飛んでいない時期だからこそ、ふと感じた思い。冨田さん。橋閒石《かんせき》〈縄とびの端もたさるる遅日かな〉を踏まえつつの眼前写生か。

【大串章選】　一月二十三日

酷寒の地に百歳の媼《おうな》生く　（東大和市）田畑春酔

大枯木寺の歴史を知りつくし　（加古川市）森木史子

風花や村越化石思ふ草津　（前橋市）荻原葉月

山荘へ強力担ぐ初荷かな　（さいたま市）齋藤紀子

白鳥の一声空に乱反射　（東京都）竹内宗一郎

バス停の名残の小屋か冬景色　（栃木県壬生町）あらゐひとし

冬耕の畝《うね》の先ゆく身延線　（東京都）望月清彦

とりどりの水鳥に湖晴れてきし　（合志市）坂田美代子

白菜の採り尽されて畝消えし　（枚方市）樋口正太郎

鳥影の一直線に淑気かな　（横浜市）猪狩鳳保

湖晴るる白鳥の白極まれり　（京都市）奥田まゆみ

闘病の友の沙汰待つ賀状かな　（広島市）谷脇　篤

つくづくと敗戦国の去年今年　（さいたま市）関根道豊

評

第一句。「酷寒の地」に生き抜く「百歳の媼」、素晴らしい。第二句。樹齢数百年の大樹であろう。「知りつくし」が佳い。第三句。村越化石はハンセン病を患い、草津の国立療養所栗生楽泉園で91歳の生涯を全うした。私は嘗《かつ》て楽泉園を訪ね、化石から色々話を聞くことができた。

【高山れおな選】　一月二十三日

松過ぎて虎に翼かオミクロン　（多摩市）又木淳一

継ぎのある堪忍袋日向ぼこ　（川越市）渡邉　隆

冬木立一本列をはみ出せり　（いわき市）岡田木花

七日粥父に勧むる華甲の子　（伊万里市）田中秋子

この道や赴くままに去年今年　（三鷹市）小原英之

鴨消えて池はのっぺらぼうとなる　（岩倉市）村瀬みさを

「根雪になっぺ」と爺《じ》さまのつぶやける　（西東京市）芹沢嘉克

☆マフラーを巻き合う駅の老夫婦　（岸和田市）小林　凜

内視鏡鼻から入る虎落笛《もがりぶえ》　（飯塚市）釋　蜩硯
雪女とは上野駅で別れけり　（東京都）池田合志
千両も万両もある隣家かな　（東京都）伊藤直司
入れ替り立ち代りして初電話　（神戸市）岸下庄二
缶切りは一周で完寒北斗　（八幡市）小笠原　信

評　又木さん。「虎に翼」は「鬼に金棒」の類語で原典は『韓非子』。巧みに時節を捉えて颯爽《さっそう》とした句だ、困ったことに。渡邉さん。何度か破裂した堪忍袋を繕って生きてきた……。味のある自分史の回顧。岡田さん。事実そのままがなぜか可笑《おか》しい。田中さん。華甲は還暦のこと。

【長谷川櫂選】　一月二十三日

汀子選終焉《しゅうえん》といふ年惜む　（今治市）横田青天子
ほどほどを知らぬ冬帝まだ未熟　（札幌市）伊藤　哲
人類を照らして白き冬の月　（栃木県高根沢町）大塚好雄

綿虫の引上げてゆく夕べかな　（東京都）山口照男

一枚をめくれば目にもお元日　（長崎市）下道信雄

山国の座敷に上がる寒の鰤《ぶり》　（新座市）五明紀春

マスクして真の姿未だ知らず　（玉野市）勝村　博

冬麗や学者に戻るメルケル氏　（ドイツ）ハルツォーク洋子

桃色の双子の孫と初湯かな　（青梅市）市川蘆舟

微醺《びくん》の身首までつかる初湯かな　（島根県邑南町）椿　博行

☆マフラーを巻き合う駅の老夫婦　（岸和田市）小林　凜

加湿器が時折咳《せき》をしてをりぬ　（東京都）竹内宗一郎

汀子氏の長寿を祈る師走かな　（船橋市）斉木直哉

評

一席。終焉という大きな言葉。朝日俳壇選者約四十年。二席。ドカ雪を降らせる今年の冬。年季不足とからかってみたものの。三席。煌々《こうこう》と冴《さ》える月。これも大柄な句になった。十三句目。汀子さんの引退を惜しむ句あまた。選ばれた、選ばれなかったにかかわらず。

【高山れおな選】　一月三十日

万の黙《もだ》解きたる一枝《いっし》帰り花　（玉野市）勝村　博

透明の板の遮る去年今年　（東京都）竹内宗一郎

失せ物のおよそ炬燵に紛れをり　（加古川市）伏見昌子

冬の日や今がおちてくすな時計　（成田市）かとうゆみ

ぼやき初め聞くも楽しやラグビー場　（東京都府中市）志村耕一

山峡《やまかい》のうからやからや初詣　（須賀川市）関根邦洋

あひづちも書初も似る双子かな　（対馬市）神宮斉之

老人の西に傾く日向ぼこ　（川崎市）多田　敬

風凄《すご》き元日どんな一年に　（南相馬市）佐藤隆貴

被災地の天地使つて凧《たこ》揚げる　（相馬市）根岸浩一

初日影水の地球をかがやかす　（島根県邑南町）椿　博行

初雪や古《こ》書《しょ》肆《し》の猫の落ち着かず　（多摩市）吉野佳一

通院と俳句残りて老の春　（藤沢市）小田島美紀子

評

勝村さん。ひと枝の綻《ほころ》びが万の枝の沈黙を際立たせる。虚子〈去年今年貫く棒の如《ごと》きもの〉は専ら観念的な寓意句《ぐうい》だが、竹内さんの句は実事がそのまま寓意めくという捻《ひね》りが味わいどころ。伏見さん。一度あることは二度、二度あることは三度……。「およそ」のおとぼけが良い。

【長谷川櫂選】　一月三十日

美しき指が一本毛糸編む　（柏市）藤嶋　務

しづかなる活字にとまる冬の蠅《はえ》　（安曇野市）望月信幸

泪《なみだ》とは心から湧く春の水　（高松市）島田章平

虚空より枯木のしだれ桜かな　（多摩市）田中久幸

どか雪や一夜で消えし両隣　（新座市）五明紀春

木枯や買ひ物かごへ鮭《さけ》のあら　（兵庫県多可町）高澤榮子

東京はゆきずりの街社会鍋　（高松市）桑内　繭

厚氷頭で割りし子はいづこ　（川越市）大野宥之介

片足を雲より抜きし梯子《はしご》乗《のり》　（市川市）高野厚夫

九人に一人うえてるお正月　（成田市）かとうゆみ

風花や何処《どこ》かへ遊びにいくやうに　（東京都）青木千禾子

冬枯の干拓に径《みち》生れけり　（伊万里市）田中南嶽

☆獣みな漢字一文字山眠る　（神戸市）倉本　勉

評　一席。編み物をする指先に焦点を当てる。その指が命を得て動く。二席。活字の静かさの発見。厄介者の蠅も俳句の世界では役に立つ。三席。温かく塩辛い涙。感動であれ、また悲しみであれ。十三句目。たしかに狐、狸、犬、猫から馬、牛、象、鯨まで。なぜだろう。

【大串章選】　一月三十日

熱燗や大風呂敷に点火せり　（町田市）河野奉令

裸木と書いて希望と読んでみる　（京都府京丹波町）伊藤壽子

☆獣みな漢字一文字山眠る　（神戸市）倉本　勉

卒寿てふ余生の一歩年新た　（和泉市）久住泰司

喧嘩《けんか》独楽《ごま》昔のやうに打ち込みし　（越谷市）新井髙四郎

風花や貨車の音より旅ごころ　（志木市）谷村康志

元日の夜や外《と》つ国のコンサート　（東京都）荒井　整

追羽子を落として路地を通しけり　（大阪市）今井文雄

句が欲しく真冬を歩く男かな　（横浜市）込宮正一

仏壇に富士山登山の冬帽子　（西条市）河本　坦

名人の逝き紙漉《かみす》きの絶えし里　（伊万里市）松尾肇子

弾き手なきピアノの上の鏡餅　（栃木県壬生町）あらゐひとし

北風に親子の笑顔肩ぐるま　（新座市）山田浩二

評　第一句。「大風呂敷」に「点火せり」が言い得て妙。俳諧味あり。大言壮語する酔漢たちの声が聞こえる。第二句。裸木には未来がある。春が来ると芽を吹き、夏になると若葉が輝く。第三句。確かにその通り。虎・狼・象・熊・猪など……。季語「山眠る」で立派な俳句になった。

【長谷川櫂選】　二月六日

もう春を待てぬ太平洋動く　（八王子市）額田浩文
黙禱《もくとう》の始め一月十七日　（大阪市）今井文雄
三寒の仔犬四温の子猫かな　（本巣市）清水宏晏
身の内の死の種子しづか日向ぼこ　（町田市）枝澤聖文
☆火の玉を抱へて眠る浅間山　（新座市）五明紀春
年だけは新しくまた老ふたり　（金沢市）前　九疑
人日や家一軒に人一人　（南足柄市）海野　優
冬籠薬の後の角砂糖　（松江市）三方　元
白桃の肉のすべてを吸ひ尽くす　（市川市）吉住威典
八十歳万歳妻と初詣　（藤沢市）赤司忠生
はればれとまづは一句を初日記　（倉敷市）森川忠信
買初のはがきで朝日俳壇へ　（尼崎市）田中節夫
入院の日で止まりたる古日記　（下田市）森本幸平

評

一席。太平洋が揺れ動く、アジアからアメリカまで。トンガ発、火山津波ではないが。二席。一年の祈りの初め。阪神淡路大震災の日。三席。三寒に似合うのは子犬。四温は、という見極めが成功した。十三句目。入院と書くより途切れたことが物語る個人の歴史。

【大串章選】　二月六日

学徒動員知らぬ集まり成人式　（飯塚市）釋　蜩硯

風花や妣《はは》百歳の誕生日　（横浜市）杉本千津子

初夢は無声映画を観るごとく　（米子市）中村襄介

万葉の多摩の横山若菜摘　（八王子市）額田浩文

冬銀河難民の列絶ゆるなし　（岡崎市）澤　博史

寒禽《かんきん》の声はね返す固き空　（神戸市）涌羅由美

埋火となりゆかむわが人生は　（京都市）室　達朗

寒梅のまず一りんの力かな　（東京都）青木千禾子

枯野行くローカル線も人疎《まば》ら　（高岡市）野尻徹治

思ひ出の町に立ち寄る初旅行　（相馬市）根岸浩一

福寿草子の教科書を妻の読む　（市川市）をがはまなぶ

遠吠えが遠吠えを呼ぶ寒夜かな　（横浜市）有村次夫

畦道《あぜみち》を子守の少年風花す　（高槻市）日下總一

評　第一句。太平洋戦争末期、学徒勤労令が発令され学生達が軍需工場に駆り出された。成人の日が制定されたのは戦後。第二句。母が生きていたら今日は百歳の誕生日。風花の彼方《かなた》に妣の顔が浮かぶ。第三句。「初夢」を「無声映画」と言ったところが面白い。声が聞こえないのだ。

【高山れおな選】　二月六日

藁《わら》仕事いつしか藁の音だけに　（東京都）木幡忠文

明々とまなびの灯あり年の家　（枚方市）山岡冬岳

あの頃は恋猫のごとバレンタイン　（つくば市）小林正貴

割れている仁王の爪や今朝の春　（川崎市）小関　新

寒鴉太郎の声に次郎かな　（神戸市）髙橋　寛

湯気上がるキッチンカーや風花す　（浜松市）野畑明子

うぐひす餅正座のやうに箱の隅　（仙台市）八島あけみ

初暦すっきりしやんと数字あり　（大阪市）西尾すみこ

一月の砲哮放つラガーかな　（東京都）片岡マサ

参道を逸《そ》れて巫女《みこ》みち椿径　（香川県琴平町）三宅久美子

☆火の玉を抱へて眠る浅間山　（新座市）五明紀春

朝に出て日が沈むまで冬の旅　（吹田市）佐野仁紀

鍬はじめ空から一句落ちて来る　（紀の川市）満田三椒

評

木幡さん。作業に集中してゆく空気がよくわかる。最初は話声《はなしごえ》や道具を使う音もしたのだろうが。山岡さん。受験生がいるとするのが素直ながら、そうと限る必要もない。「まなびの灯」という言葉が美しい。小林さん。苦笑まじりの回想。恋猫の比喩がなまなましくて面白い。

【大串章選】　二月十三日

天帝の粋な計らひ風花す　（玉野市）勝村　博

寒紅や旅立つ母のほのと笑み　（南足柄市）海野　優

輪になつて四人の親子羽子をつく　（多摩市）田中久幸

風花や絵本のやうな村となる　（岩倉市）村瀬みさを

海に降る雪見るときの一人かな　（霧島市）久野茂樹

豆撒や酒呑童子の生《あ》れし里　（新潟市）齋藤達也

茫々《ぼうぼう》の枯野におのれ解き放つ　（尾張旭市）古賀勇理央

凍蝶の透きとほる死を手に包む　（川口市）青柳　悠

人去りし四阿《あずまや》に入る寒雀　（多摩市）岩見陸二

鍬入れて凍りし音の心地よし　（長崎市）濱口星火

白墨の線路に駅舎春隣　（柏市）藤嶋　務

かはるがはる臘梅《ろうばい》へ顔近づけぬ　（本巣市）清水宏晏

冬の蠅死んだふりして死んでをり　（いわき市）馬目　空

評　第一句。青空からひらひら舞い降りる雪は美しい。天帝の「粋な計らひ」である。第二句。天寿を全うされた御母堂《ごぼどう》。綺麗《きれい》に死に化粧を施され「ほのと笑み」を浮かべて旅立たれた。ありがとう。第三句。親子四人が声をかけ合い羽根つきをしている。「輪になつて」が楽しい。

【高山れおな選】　二月十三日

小さき雪大きな雪のあとに雨　（玉野市）北村和枝

大寒やたちむかふ者こもる者　（川越市）岡部申之

何をしに来たか分らぬ寒さかな　（多摩市）岩見陸二

ディスプレイ一気に変はり春隣　（伊丹市）保理江順子

寒鯉の肥えて紫がかりけり　（東京都）望月清彦

枯れ尽したる捨て畑に風遊ぶ　（所沢市）磯崎美津子

草枯れや千万の種眠りゐる　（神奈川県松田町）山本けんえい

寒茜《かんあかね》五重塔をその中に　（加古川市）森木史子

老猫といの字に眠る日向ぼこ　（東京都）吉竹　純

供花《くげ》に松添へて除日の墓参り　（横浜市）藤田定雄

寒鯉の花を沈めしごとくをり　（羽咋市）北野みや子

☆鬼平が楽しみだつた炬燵かな　（長岡京市）寺嶋三郎

獅子頭取れば美人の現はるる　（戸田市）蜂巣厚子

評　北村さん。「小さき」「大きな」と素朴な語を重ねて空模様の変化を的確に描き出す。岡部さん。人さまざまを大摑《おおづか》みに捉えた妙。岩見さんが自嘲的に描くのは、そのさまざまの一人。あまりの寒さに目的が吹き飛んでしまった。保理江さん。ショウウィンドウからはじまる春。

【長谷川櫂選】　二月十三日

その上へその上へ滝凍りけり　（長野市）縣　展子

友逝きて木枯しと飲む今宵《こよい》かな　（仙台市）鎌田　魁

湯たんぽを追廻しつつ夢の中　（北本市）春日重信

ひもじさや岩にごつんと寒の波　（高崎市）本田日出登

丸刈りにこはいものなし大寒波　（香芝市）土井岳毅

土の穴二つ三つ四つ春を待つ　（柏市）藤嶋　務

寒いなあ酒でも飲むか水仙よ　（南相馬市）佐藤隆貴

深く手を潜らせ探る熊の胆《きも》　（北本市）萩原行博

体内を這《は》ふ内視鏡冴返る　（本巣市）清水宏晏

愛用の枯れたる音の竹箒《たけぼうき》　（筑西市）加田　怜

☆鬼平が楽しみだつた炬燵かな　（長岡京市）寺嶋三郎

美男ならざる山はなし雪の晴　（うきは市）江藤哲男

汀子選なき朝刊の寒さかな　（松原市）小森道子

評

一席。上へ上へと凍っていった滝。見上げればのしかかるかのよう。二席。木枯しが相手だなんて。無理して格好をつけるのも俳句では大事。三席。睡眠中の不思議な行動。笑ってしまう句になった。十三句目。あるべきものがない。しばしば体験する不在の寒さ。

【高山れおな選】　二月二十日

幾度も春の光の通過せり　（横浜市）込宮正一

電車止め飛行機を止め春一番　（いわき市）岡田木花

水底の水の造形川涸《か》れて　（玉野市）勝村　博

春めくと前ゆく妻の言ひにけり　（八王子市）長尾　博

凍滝を木漏れ日滑り落ちにけり　（市川市）をがはまなぶ

神保町は夕日の匂ひ日脚伸ぶ　（我孫子市）藤崎幸恵

ブロッコリ分けても分けても盧舎那仏《るしゃなぶつ》　（下関市）高路善章

吐きし息冬日の色を帯びてをり　（東かがわ市）桑島正樹

ここですよと言ふやうに這ふ冬の蠅　（東京都）青木千禾子

ドーナツにキリマンジャロや冬日向　（玉野市）加門美昭

補聴器と目鏡とマスクかけにけり　（泉大津市）多田羅初美

立春や木々は光のあやとりす　（京都市）山本年高

裸木に三日月よりかかつてゐるよ　（山梨県市川三郷町）笠井　彰

評　込宮さん。日差しに明るさを感じる瞬間が増えた。それを抽象度の高い表現で捉えた。岡田さん。止め、止めの反復が大きな空間性を感じさせる。勝村さん。暴風は嫌でも春への一歩、調子に弾みが。「水の造形」の面白さ、思いはやがてそれをもたらした「水の力」へと及ぶ。

【長谷川櫂選】　二月二十日

命生きて東風解凍候《はるかぜこおりをとくこう》へ　（高槻市）山岡　猛
咳をして人の流れに隠れけり　（福岡県鞍手町）松野賢珠
焼芋の一本重きねむけかな　（前橋市）田村とむ
双六《すごろく》の一回休み入院す　（小山市）松本喜雄
自づから閉ざす心に日脚伸ぶ　（津市）森島　雪
春立つやいよよ大関御嶽海　（調布市）松村定美
切花の蕾《つぼみ》久しく寒の内　（西東京市）中村康孝

大仏の膝下《しっか》に小さき雪だるま　（大阪府島本町）池田壽夫
風花を茜に染めて暮れゆけり　（西宮市）黒田國義
遠州の雪おろしなき町歩く　（藤枝市）石毛　浩
氷片を蹴りつつ下校の相手とす　（川崎市）六波羅喜洋
風花や月面にたつ米国旗　（東京都）野上　卓
白菜のはじける力刃を入るる　（平塚市）日下光代

評　一席。「命生きて」と勢いよく五拍で読む。「東風、凍りを解く」は二月上旬。七十二候の一つ。二席。大群衆の中へ消え去る。咳一つ残して。三席。手にしているだけで眠たくなる焼き芋。ぬくぬくと。十三句目。葉物の中でもとくに白菜。パリパリッと音がしそう。

【大串章選】　二月二十日

人生に空籤《からくじ》はなし竜の玉　（中間市）松浦　都
日向ぼこ似合ふ二人となりにけり　（塩尻市）古厩林生
正門の真ん中通る受験の子　（秋田市）神成石男

一点が線となりゆくスキーヤー　（長野市）縣　展子

竹馬少年初めて大人見下ろせり　（横須賀市）竹山繁治

早春の天地万物蠢《うご》めける　（泉大津市）多田羅初美

選ばれし句を杖にして兜太の忌　（大阪府島本町）池田壽夫

水音の眩《まぶ》しさに沿ひ梅探る　（高松市）白根純子

安曇野の光あつめて苗障子　（日野市）菅原　悟

春寒し浜に火を焚く漁師妻　（境港市）大谷和三

橋の無く遠き対岸水仙花　（彦根市）阿知波裕子

ほうれん草ポパイを知らぬ子どもたち　（天理市）竹田桂子

避寒宿めく病院の個室かな　（福岡市）松尾康乃

評

第一句。「空籤はなし」が言い得て妙。努力すれば成果は出る。瑠璃色《るりいろ》の「竜の玉」には夢がある。第二句。「日向ぼこ似合ふ」が微笑《ほほえ》ましい。努力して来たおかげで今の幸せがある。第三句。「真ん中通る」に受験子の意気込みを感じる。正々堂々と入学試験にのぞむのだ。

【長谷川櫂選】　二月二十七日

兜太逝き熊の如くに忌のありぬ　（三郷市）岡崎正宏

地平線まで星のある寒さかな　（横須賀市）丹羽利一

花びら餅吾には遠き君のごと　（熊谷市）松葉哲也

真つ新な空の天辺よりスキー　（長野市）縣　展子

鬼やらひ身をうち反らし大八洲《おおやしま》　（筑西市）加田　怜

手術終へその腹にある余寒かな　（玉野市）北村和枝

今はもうマスクの取れぬ顔となり　（岐阜市）吉田晃啓

手鏡にわが死顔の夜寒かな　（高槻市）宮本正章

吾よりも吾を知る夫の逝きて冬　（香川県琴平町）三宅久美子

如月《きさらぎ》は明るく明けて有りがたき　（東京都）松木長勝

梅一輪我が惑星や一周り　（東村山市）内海　亨

☆探梅を終へて一句もなかりけり　（神戸市）岸下庄二

あたりまへのものの旨さよ周平忌　（北本市）萩原行博

評　一席。同じ作者の投句に〈卒業し又出戻りぬ朝日俳壇〉。三年ぶり。二席。晴れわたる寒中の夜空。星も氷のよう。三席。わけあって手の届かない相手。そんな雰囲気の正月のお菓子。十三句目。藤沢周平が描く故郷庄内の懐かしい食べもの。一月二十六日が命日だった。

【大串章選】　二月二十七日

咲く梅の白き誘惑始まりぬ　（厚木市）北村純一

我が暗き月日も春の光かな　（船橋市）斉木直哉

綿虫を飼ってみたいと云ふ子かな　（倉敷市）森川忠信

奢《おご》り無き菜の花畠春豊か　（川崎市）八嶋智津子

余生にもありし未来図木の実植う　（浜田市）田中由紀子

☆探梅を終へて一句もなかりけり　（神戸市）岸下庄二

水仙に親しき里の径あり　（伊万里市）田中南嶽

白魚網並ぶ河口や任地去る　（長岡市）内藤　孝

梅咲いて水平線の遠ざかる　（川崎市）沼田廣美

大寒や伊達の薄着もこれまでか　（長野県立科町）村田　実

退職を明かす講師や春立つ日　（横浜市）花井喜六

うつくしき色失うて津軽冬　（青森市）小山内豊彦

春暁の寺の鐘の音濡れてをり　（いわき市）佐藤朱夏

評　第一句。次々と咲く白梅の魅力を「白き誘惑」と言ったところがおもしろい。因みに、白梅の花言葉は「気品」。第二句。苦難の人生に一筋の光明を見出《みいだ》した。その光を胸中に人生を全うする。第三句。子供の発想は意外で新鮮。芭蕉の言葉「俳諧は三尺の童にさせよ」をふと思う。

【高山れおな選】　二月二十七日

上りつめ宙におよげる蔦紅葉《つたもみじ》　（長崎市）濱口星火

空つ風に寄りかかりつつ帰りけり　（藤岡市）飯塚柚花

寒立馬《かんだちめ》雪に浮かんでをりにけり　（北本市）萩原行博

薬喰《くすりぐい》外気に冷ゆるカツサンド　（相馬市）根岸浩一

牛の鼻大きく開く土筆《つくし》かな　（京田辺市）加藤草児

粉雪を睫毛《まつげ》に載せて岬馬　（霧島市）久野茂樹

春泥を衝《つ》いて新任教師来る　（高山市）大下雅子

リモートで何が出来るよ猫の恋　（筑後市）近藤史紀

大海を越えて歌わん実朝忌　（オランダ）モーレンカンプふゆこ

冬ぬくし毛蟹《けがに》のやうな無精髭《ぶしょうひげ》　（横浜市）山田知明

歯科医院診療室のシクラメン　（横浜市）松永朔風

もう一度イマジンを聴く多喜二の忌　（さいたま市）関根道豊

利休忌のアールグレーを入れにけり　（東京都）長谷川　瞳

評

濱口さん。さしずめ原子公平〈戦後の空へ青蔦死木の丈に充《み》つ〉の果ての景。頼りなく泳いでその先が無い。飯塚さん。「寄りかかりつつ」は思い切りのいい表現。萩原さん。積もる雪、降る雪の中に幻めいた馬の姿。根岸さん。冷え冷えのカツサンドだって薬喰だ。なるほど。

【大串章選】　三月六日

万葉の野をなつかしみ寒すみれ　（堺市）吉田敦子

探梅や古井戸ポンプ押してみる　（阪南市）春木小桜子

白光を綴《つづ》り合はせて梅咲けり　（東かがわ市）桑島正樹

佐保姫の息吹や白き雲流れ　（横浜市）詫摩啓輔

山の辺の道の古墳に囀《さえず》りぬ　（国分寺市）野々村澄夫

真白なる湖北スワンの国のやう　（尼崎市）田中節夫

コロナ禍とウクライナ危機春寒し　（伊賀市）福沢義男

着ぶくれと沈黙詰めてエレベーター　（仙台市）柿坂伸子

非日常てふ日常に慣れて春　（我孫子市）相川　健

休耕の畑に今年の水仙花　（戸田市）蜂巣幸彦

流氷の下に数多《あまた》の命かな　（村上市）鈴木正芳

自らの意志あるごとく春の雲　（富士市）村松敦視

引つ越しの荷に竹馬を加へをり　（新宮市）武田夕子

評

第一句。万葉集の「春の野にすみれ摘みにと来し我れぞ野をなつかしみ一夜寝にける　山部赤人」を思い、寒菫《かんすみれ》を見つめている。第二句。この「古井戸」、まだ水が出るのだろうか。探梅にはこんな出合いもある。第三句。白い光を「綴り合はせて」と言ったところが見所《みどころ》。

【高山れおな選】　三月六日

恋猫の螺旋《らせん》の声を聞く夕べ　（多摩市）吉野佳一

海照りの真珠筏《いかだ》の初仕事　（小城市）福地子道

魚《うお》は氷《ひ》に上り少女は紅を引く　（名古屋市）松末充裕

切らぬやうもつれをほぐす若布干《わかめぼし》　（下関市）内田恒生

身の内は管一本や鬼は外　（島根県邑南町）髙橋多津子

軍服も縫ひし父なり針供養　（船橋市）武井成一

軸足に命を懸けて雪下し　（大津市）星野　暁

凍土《いてつち》の靴のかたちに日が暮れて　（東京都）各務雅憲

介護車のならぶ団地の遅日かな　（東京都）漆川　夕
俳句欄蛇行しながら春となる　（長野市）縣　展子
もう少し歩いて行こう春夕焼　（桶川市）玉神順一
公魚《わかさぎ》の湖の続きの賤ケ岳《しずがたけ》　（姫路市）西村正子
春愁や吾の中の吾を探す旅　（いわき市）佐藤朱夏

評　吉野さん。恋猫のあの声を切れ味の良い比喩で捉えた。福地さん。「海照りの」が単なる実景描写にとどまらない膨らみを感じさせる。松末さん。自然と人、それぞれの春の訪れの対照の妙。佐藤さん。「探す」は必要かどうか。〈吾の中を旅する吾や春うれひ〉は推敲《すいこう》の一案。

【長谷川櫂選】　三月六日

男らの知らぬ女の春の昼　（境港市）大谷和三
白神のこの静けさも春の声　（秋田市）松井憲一
スキーヤー天のまほらを飛ぶ如し　（倉吉市）尾崎槙雄

鉈《なた》よりも剃刀《かみそり》のごと冴え返る　（高松市）渡部全子

水ぬるみ淵を出でゆく魚あらむ　（東京都）髙木靖之

老いてなほ楽器のやうに妻の春　（三郷市）岡崎正宏

ドラえもんの恋も一つの猫の恋　（富士市）村松敦視

きさらきの白魚やよひの桜貝　（津市）中山みちはる

雪消えてさみし東京もとのまま　（東京都）漆川　夕

氷山のうごく気配や骨軋《きし》む　（高崎市）本田日出登

深閑《しんかん》と我が吐息さへ聞こゆ冬　（金沢市）黒田三郎

義理チョコの余りのチョコか三女から
（栃木県壬生町）あらゐひとし

朝寝して忘れられたり忘れたり　（平塚市）日下光代

評

一席。「女の春の昼」にエロスが漂う。〈女らの知らぬ男の春の昼〉では殺風景。二席。立春をすぎても深い雪に覆われる白神山地。静けさという春の声。三席。北京オリンピック、スキー・ジャンプ。空の大空間を想像する。十三句目。お互いさまということか。

【高山れおな選】　三月十三日

啓蟄《けいちつ》や脳に皺《しわ》とか回路とか　（平塚市）日下光代

田螺《たにし》鳴く泥を食べつつ月の田に　（筑西市）加田　怜

マスクなき元の暮しの陽炎《かぎろ》へり　（東大阪市）宗本智之

空つ風にも虫の居所ありにけり
（栃木県壬生町）あらゐひとし

受話器とれば林檎《りんご》の花のやうな声　（川口市）青柳　悠

余寒なほまじめに探す鯛《たい》の鯛　（長岡市）柳村光寛

春待つや家族の回る洗濯機　（近江八幡市）藤本秀機

不器用も器用も拝す針供養　（泉大津市）多田羅紀子

かまくらに「はいっていいよ」と幼《おさな》の字
（敦賀市）山田美千代

新芽吹くメタセコイアや天を衝く　（交野市）世古正二

田螺鳴く位階は後期高齢者　（行田市）若林水翁

畑焚火雑木数多に積み置いて　（河内長野市）木村杉男

働いて家に帰つて冬籠　（岐阜市）阿部恭久

評　日下さん。大地という神秘、脳という神秘。両者を繋《つな》ぐのが皺や回路のイメージ。加田さん。甘くなりそうなところを、「泥を食べっつ」が引き締める。大谷弘至に、〈土食うて枯れたる声か蚯蚓《みみず》鳴く〉。宗本さん。「元の暮し」の方が非現実的に感じられてきた……。確かに。

【長谷川櫂選】　三月十三日

梅一輪いちりんごとに夫元気　（さいたま市）岩間喜久子

如月や白く埋れて日一輪　（札幌市）加藤龍子

蘆刈《あしかり》の水無瀬橋本みな朧《おぼろ》　（枚方市）樋口正太郎

寝たきりの妻よ死ぬなよ春が来た　（山口県田布施町）山花芳秋

真白に真黒に雪山水画　（枚方市）山岡冬岳

君悼むこころに雪の降りつづく　（長崎市）徳永桂子

爆心の芝に積もるや春の雪　（長崎市）佐々木光博

雑炊やつぃと現る鍋の底　（東京都）小山公商

猿ましましまひは肩に戻りけり　（橿原市）佐藤雅之

鯛焼の熱きを摑《つか》む軍手かな　（和歌山市）佐武次郎

春おぼろかつてデスクにチョコの山　（越谷市）花井芳喜代

曲りたる腰をなほ曲げ耕せる　（泉大津市）多田羅初美

春雪に小さき足跡一直線　（我孫子市）森住昌弘

評

一席。必ずしも病後の人ではない。本句は〈梅一輪一輪ほどの暖かさ　嵐雪〉。二席。春に入ってもいちめんの銀世界。太陽が燦々《さんさん》と輝く。三席。水無瀬も橋本も淀川のほとり。谷崎潤一郎の『蘆刈』の舞台。十三句目。この雪の上に残る何かの足跡。ここにも春の気配。

【大串章選】　三月十三日

転びても美《は》し氷上の挑戦者　（和歌山県上富田町）森　京子

老木の心尽しの梅真白　（鶴ヶ島市）横松しげる

餌台に来る鳥達と春を待つ　（富士宮市）鍋田和利

炭を焼く平家伝説残る村　（石岡市）斎藤あきら

子猫はや恋猫となり遁走《とんそう》す　（東京都）青木千禾子

白鳥の視線集める男あり　（藤岡市）飯塚柚花

指揮者なく右往左往の蝌蚪《かと》の国　（前橋市）荻原葉月

春昼に酔ひて謡ふやわらべうた　（いわき市）佐藤朱夏

黄の招く今日は菜の花見にゆかむ　（伊丹市）保理江順子

雪深き赴任地よりの子の便り　（明石市）三島正夫

春の水大海原を目指しゆく　（八代市）山下さと子

春眠や妣《はは》が頭を撫《な》でてゐる　（いわき市）岡田木花

廃屋に居座りし猫山眠る　（須賀川市）伊東伸也

評

第一句。北京冬季オリンピックのフィギュアスケートで、4回転半ジャンプに挑戦した羽生結弦選手の心意気に感動した人は多い。私もその一人。第二句。老木の「心尽し」と言い做《な》したところが佳い。白梅の微笑が見えるよう。第三句。人間も鳥たちも春を待っている。

【長谷川櫂選】　三月二十日

汀子逝く花鳥の嘆き涅槃西風《ねはんにし》　（和歌山県日高町）市ノ瀬翔子

何もかも春らしき日にゆかれけり　（東かがわ市）桑島正樹

春の雪やめば愚かな顔ひとつ　（横浜市）三玉一郎

汀子選なきを知りつつ捜す春　（三原市）下西道子

花疲れとは贅沢《ぜいたく》な一日なり　（東京都）青木千禾子

四回目五回目もある余寒かな　（栃木県壬生町）あらゐひとし

凍こんにゃく一夜一夜の襞《ひだ》刻み　（東京都）木幡忠文

新婚にもどりしバレンタインデー　（泉大津市）多田羅初美

蝮《まむし》出て戦車の轍《わだち》幾千万　（郡山市）寺田秀雄

風花は風の名残りをさ迷へり　（高松市）信里由美子

薄氷《うすらい》の薄き光でありにけり　（静岡市）松村史基

反戦の至純の祈り梅真白　（埼玉県宮代町）酒井忠正

雛あられオンザロックに一つまみ　（門真市）田中たかし

評

稲畑汀子さんの追悼句あまた。一席。花や鳥も嘆いている。汀子涅槃。二席。こんなに春めいてきたのに。〈今日何も彼もなにもかも春らしく　汀子〉を踏まえる。三席。自分の顔をつくづくと。加藤楸邨風。十三句目。羊羹《ようかん》が合うのだもの。合わないはずはない？

【大串章選】　三月二十日

句に生きし花のひと世や汀子逝く　（千葉県栄町）池田祥子

何もかも汀子先生らしく春　（松戸市）橘　玲子

一歳と八十路《やそじ》が遊歩山笑ふ　（横浜市）御殿兼伍

ミサイルの空を白鳥帰りけり　（日立市）加藤　宙

少女もう雪合戦に加はらず　（香川県琴平町）三宅久美子

柳鮠《やなぎばえ》焼き山川の香り焼く　（東京都）望月清彦

子規球場一打一音春めけり　（埼玉県宮代町）鈴木清三

山々の匂ひ引き出す春の雨　（玉野市）北村和枝

無医村に若き医者来て春兆す　（名古屋市）平田　秀

コロナ禍のじわじわ迫る春炬燵
（福岡県鞍手町）松野賢珠

リモートの診療受くる春寒し　（東京都）大澤都志子

遠出して雪解《ゆきげ》雫《しずく》の宿に入る　（川越市）大野宥之介

藪椿《やぶつばき》赤し目白の目の白し　（熊谷市）内野　修

評

第一句。稲畑汀子先生は2月27日、天寿を全うされた。91歳であった。正《まさ》に「句に生きし花のひと世」であった。第二句。汀子先生の代表作〈今日何も彼もなにもかも春らしく〉を思い、先生を偲んでいる。第三句。「一歳と八十路」が微笑ましい。「山笑ふ」が効いている。

【高山れおな選】　三月二十日

脱皮して脱皮して吾子卒業す　（横浜市）鈴木昭惠

三月の戦争といふコンテンツ　（相馬市）根岸浩一

春の波巌《いわ》這ひのぼりては消えて　（東京都）望月清彦

雑草に白梅の影やわらかく　（川崎市）小関　新

空爆が始まる春の夢ではなく　（尼崎市）吉川佳生

暗やみに余熱のやうな梅の花　（厚木市）北村純一

風孕《はら》み野火一列に地を捲《まく》る　（芦屋市）笹尾清一路

豆たつぷり撒《ま》きていのちを惜しみけり　（横浜市）守谷趣佳

新大関掛けるマスクも大きかり　（塩尻市）古厩林生

春愁の顔が平たくインターホン　（稲城市）日原正彦

野遊のこはごは覗《のぞ》く防空壕《ぼうくうごう》　（所沢市）岡部　泉

春愁の深き迷宮渋谷駅　（川越市）益子さとし

女子全員子の字の句会うららけし　（川越市）大野宥之介

評

鈴木さん。「脱皮」は人間的な成長から合わなくなった服を脱ぎ捨ててきたことまでを含む。万感の思いを、ユーモラスに。根岸さん。時代錯誤的な侵略とＩＴによる情報戦という新しい形式。その印象を捉えた。望月さん。「這ひのぼりては」という表現が的確で揺るぎない。

【大串章選】　三月二十七日

老梅やいま渾身《こんしん》の花ひらく　（明石市）榧野　実

鳥雲に兜太亡しとて我強かれ　（船橋市）斉木直哉

孤独死は花の下でとホームレス　（筑紫野市）二宮正博

癌《がん》もまた生の証しぞ春兆す　（清瀬市）中村　格

殺戮《さつりく》を確と照らせや春の月　（東京都）片岡マサ

近道の畦を教はり入学す　（さいたま市）齋藤紀子

駅ピアノ終へて少女の春コート　（対馬市）神宮斉之

三鬼の忌神戸の夜のハイボール　（草津市）あびこたろう

火の山の記紀よりつづく野焼かな　（尾張旭市）古賀勇理央

菜の花や父に抱かれし嬰《えい》ふたり　（加古川市）森木史子

女雛より眼差し遠き男雛かな　（大阪市）眞砂卓三

家を出て五十歩百歩初音かな　（白井市）酒井康正

九十九里黒衣《くろきぬ》のごと若布干す　（武蔵野市）相坂　康

評

第一句。今年も花開いた梅の老木。「渾身の」が力強く、励まされる。第二句。兜太先生もそれを望んでおられます。力強く生きてください。それが先生への恩返しです。第三句。「ねがはくは花のしたにて春死なむそのきさらぎの望月のころ　西行」を踏まえる。

【高山れおな選】　三月二十七日

オリンピアンのキラキラネーム春動く　（柏市）田頭玲子

天蓋《てんがい》のがばりと開き雪五尺　（横手市）石橋喜一

☆侵攻や暫《しば》し目を閉じ百千鳥　（多摩市）谷澤紀男

鰊《にしん》来る鱒《ます》遡《さかのぼ》る鰆《さわら》飛ぶ　（戸田市）谷田部達郎

「家路」流るれど子ら遊び惚《ほう》くる日永かな　（岐阜市）髙橋良明

をさなごにマスクをさせるあはれかな　（泉南市）藤岡初尾

立春の日を照り返えす金柄《かな》杓《びしゃく》　（東京都府中市）保坂俱孝

俳壇に汀子選なき兜太の忌　（市川市）福田　肇

「もの」「おに」も鬼字の訓なりものの芽や　（高山市）田中広宣

ぎんねずの宝石かしら猫柳　（津山市）沢　紅子

炉ばなしの猟師のほらに児の夢中　（三重県明和町）西出泥舟

我のみの陣地や紫煙冴返る　（船橋市）斉木直哉

迦葉逝き桜島より涅槃西風　（多摩市）又木淳一

評　田頭さん。キラキラネームは本来は批判的な用語。これはもちろん肯定に転じて使っている。夏も冬も、時代は変わることを実感させる五輪だった。石橋さん。嘆き節だが、いや、だからこそ豪快に。谷澤さん。暫し、鳥の声に耳を澄ませる。受入《うけい》れ難い事態に、思わずながら。

【長谷川櫂選】　三月二十七日

華やかに一つ大きく落椿《おちつばき》　（八王子市）額田浩文

第三次世界大戦匂ふ春　（新宮市）中西　洋

新妻に逢はんこころや白魚汲む　（津市）中山みちはる

国境の街へ街へと歩く春　（吹田市）髙嶋文範

惜しみなく与へよ愛のチョコレート
（大阪府島本町）池田壽夫

同齢のわが歌貧し西行忌　（春日部市）池田桐人

なにもかも春なのにあなたがゐない
（香川県多度津町）やまのまゆ

君と二人植ゑしこの世の梅白く　（川口市）河原ゆり子

☆侵攻や暫し目を閉じ百千鳥　（多摩市）谷澤紀男

妻よくぞ五十数年田打せし　（島根県邑南町）服部康人

暗黒の世の一隅に庭の梅　（東京都）家泉勝彦

しんがりの手強き寒の戻りけり　（朝倉市）深町　明

マスクして季節なくしてしまひけり　（川西市）上村敏夫

評

稲畑汀子さんの追悼とウクライナ侵略の句が並ぶ。一席。〈落椿とはとつぜんに華やげる　汀子〉。この椿の花のように。二席。目に余るプーチン大統領の非道。世界よ、許すな。三席。新妻と逢うときのよう。白魚へのときめき。十三句目。マスクが人類に及ぼす影響。

【小林貴子選】　四月三日

道中のものは描かれず涅槃《ねはん》絵図　（大阪府島本町）芹澤由美

春遠し防空壕《ぼうくうごう》の新生児　（松阪市）石井　治

春眠や汀子先生御健在　（今治市）横田青天子

寄居虫《やどかり》の計つてゐたる貝の口　（川越市）大野宥之介

今これが鳥風ならん吾も乗らん　（下関市）内田恒生

こんなにも哀しい春があるものか　（枚方市）石橋玲子

花烏賊《はないか》の重たく浮いて沈みけり　（筑後市）近藤史紀

三月やマシュマロ浮かべ珈琲《コーヒー》を　（鎌ケ谷市）梅渓由美子

行く雲に糸かけ凧《たこ》とする遊び　（境港市）大谷和三

闘牛の力漲《みなぎ》る静止かな　（北本市）萩原行博

評

一句目、釈迦が入滅し、駆けつけた者は嘆いているが、まだ来ていない者を思った視点が独特。二句目、日々報じられるウクライナ情勢に胸が痛む。三句目、稲畑汀子先生を追慕する句が多く寄せられ、どの句にも真心が滲《にじ》む。

【高山れおな選】　四月三日

難民に母と子多き氷点下　（朝倉市）深町　明

霞みたる坂上りくる回覧板　（玉野市）北村和枝

臥竜梅《がりょうばい》昇天しつつ散華せり　（流山市）津金　實

旗竿《はたざお》をたたく旗紐《はたひも》涅槃西風《ねはんにし》　（霧島市）久野茂樹

春星の近くにゐたき観覧車　（京田辺市）加藤草児

鷹《たか》化してシルクハットに白き鳩　（八王子市）長尾　博

泰治の田園よ蟇《ひき》穴を出づ　（神戸市）豊原清明

畦塗《あぜぬり》の父のおもかげ踊るごと　（相模原市）芝岡友衛

何もかもごったに映し水温む　（大阪市）眞砂卓三

混乱の極み金縷梅《まんさく》黄を放つ　（兵庫県太子町）一寸木詩郷

評

深町さん。ウクライナ情勢を思う句がいよいよ多い。寸言で多くを語った一句。北村さん。平和で長閑《のどか》？　しかしどこか虚無的な不穏さの味わいも。津金さん。臥竜梅という見立ての語の上にさらに見立てを重ねた、厚塗りの絵。

【長谷川櫂選】　四月三日

春よ来い旧《ふる》き都の尖塔《せんとう》に　（名古屋市）池内真澄

震災十年わが家に燕《つばめ》の巣　（仙台市）鎌田　魁

マウンドの土に手を置き卒業す　（霧島市）久野茂樹

その中に子持の鯉も水温む　（下野市）久保田　清

春暁や棺《ひつぎ》のなかで義兄《あに》眠る　（東京都）佐藤幹夫

春雪や戦火むなしき幾山河　（東京都）片岡マサ

戦場に泣く子やあらむ雛飾る　（横浜市）加藤重喜

老いてなほ春の嵐のごと作句　（三郷市）岡崎正宏

かもごひきみんなよりそいふゆのいけ　（名古屋市）中山惺奈

壺焼を食べゐる背中並びをり　（平塚市）日下光代

評　一席。「ロシアの暴悪を悲しむ」とある。祈りの尖塔である。二席。今年も燕が帰ってきた。人とともに生きる燕よ。三席。野球部の少年か。人にはそれぞれの卒業がある。九句目。作者は小二。十句目。湘南海岸の春。

【大串章選】　四月三日

兜太逝き汀子も逝きて春寂し　（弘前市）今井則三

啓蟄《けいちつ》や防空壕を知る八十路《やそじ》　（さいたま市）榊原　章

春暁の連山影を優しうす　（朝倉市）深町　明

春一番去年《こぞ》の枯葉を吹き飛ばす　（神奈川県松田町）山本けんえい

文学碑雪に掘り出し多喜二の忌　（秋田市）神成石男

雑草のやうに人ゐる花まつり　（厚木市）北村純一

山笑ふ奥へ奥へと笑ひ継ぎ　（新宮市）中西　洋

初つばめ園児つぎつぎ逆上り　（本巣市）清水宏晏

草餅や父の生家の囲炉裏端　（東京都）石川　昇

幼子のしだるる梅に隠れけり　（筑西市）加田　怜

評　第一句。金子兜太さんは2月20日に、稲畑汀子さんは2月27日に死去された。「春寂し」である。第二句。空襲警報のサイレンを聞き、防空壕に避難されたこともあろう。第三句。〈芋の露連山影を正しうす　蛇笏〉を踏まえる。

【長谷川櫂選】　四月十日

キエフの子ら春寒のバスで闇へ発つ　（下関市）粟屋邦夫
翻車魚《まんぼう》の半身の行方春愁ひ　（大垣市）大井公夫
鯉老いて浮かんでしまふ春の暮　（東京都）望月清彦
春愁の大河となりて太平洋　（八王子市）額田浩文
白鳥とぶ一望千里わが故郷　（弘前市）川口泰英
朝寝してみても戻らぬ夢があり　（高松市）島田章平
春愁や人病み国病み地球病む　（各務原市）岩田　靖
春愁やあれやこれやの切れつぱし　（明石市）上野景子
恋猫や江戸家猫八なつかしき　（松江市）三方　元
初蝶は初入選句初蝶来　（栃木県壬生町）あらゐひとし

評　一席。先に何が待っているのか。不安な「闇へ」。二席。マンボウは横になって波を漂う。片方をどこに忘れてきたか。三席。沈むにも力がいるのだろう。おかしな軽さ。十句目。「平成十年三月三十日、川崎展宏選」だった。

【大串章選】　四月十日

戦なき空のうれしき燕かな　（長野市）縣　展子

菜の花や水平線と地平線　（いわき市）馬目　空

久方の帰郷の春の小川かな　（小城市）福地子道

天空に雲雀《ひばり》地上に子等の声　（柳川市）木下万沙羅

白梅に吾が行末を教えられ　（飯塚市）釋　蜩硯

コンビニの傘立に杖竹の秋　（神奈川県湯河原町）櫻井孝子

農道の梅紅白の屋敷かな　（柏市）中村吉次郎

耕して艶《つや》めく土の息づかひ　（大阪市）上西左大信

鳥雲にキエフ亡夫の出張地　（堺市）松本みゆき

水鳥の岸に座したる日永かな　（横浜市）藤木義弘

評

第一句。ウクライナの戦禍を思い、日本の「戦なき空」を仰ぎ見る。所謂《いわゆる》感情移入の句。第二句。近くに菜の花がきらめき、遠くに地平線、水平線がかがやく。第三句。懐かしい光景。童謡「春の小川」が聞こえてくる。

【高山れおな選】　四月十日

ほろ酔ひの大地の神かかげろへる　（稲城市）日原正彦

啓蟄の天より手足ぶら下がる　（神戸市）倉本　勉

雪が降るなんといふキエフの春よ　（狛江市）伊藤三郎

ばらばらに来て彼岸の墓にうち揃《そろ》ふ　（甲府市）中村　彰

輪郭のなきフクシマの春の暮　（いわき市）馬目　空

人よりも鯉多き里水温む　（岩国市）冨田裕明

さくらさくら初恋といふ幻かな　（三郷市）岡崎正宏

心までざらつきだして霾晦《よなぐもり》　（野洲市）大藪恵子

啓蟄やそろそろ旅に出てみよか　（尼崎市）松井博介

ゆで卵むけば三月生まれけり　（下関市）野崎　薫

評　日原さん。ほろ酔いが陽炎《かげろう》なら、さて深酔いは。倉本さん。地には地虫たち、一方で天からは……啓蟄という季語に誘われた幻想。伊藤さん。ゼレンスキー大統領のインスタグラムでの発言を取りこんだ。本当になんという春か。

【小林貴子選】　四月十日

この星に出づる他なき地虫かな　（八王子市）額田浩文

合唱のほのかになりて鳥帰る（新発田市）五十嵐由紀子

ここからは一気にいくよ桜咲く　（小平市）原田昭子

新刊書のみの買物山笑ふ　（三田市）橋本貴美代

民衆は自由を愛す春の雷　（高松市）河端　豊

春風にこころの浮力生れけり　（大阪市）平谷茄美

君のすぐ横へ寄せ書き卒業す　（高山市）大下雅子

ぱくぱくと鯉語でかたる春の鯉　（長岡市）柳村光寛

鹿たちの三々五々や野火のあと　（久喜市）加藤建亜

山笑うほんとにそうね妻笑う　（高岡市）梶　正明

評　一句目、疫病に加え、軍事侵攻まで起こる地球だが、ここで生きていくしかない。一つの命も奪われないことを祈りつつ。二句目、消え入るように終わる合唱曲が、去りゆく鳥にふさわしい。三句目は一読して元気が湧いた。

【大串章選】　四月十七日

戦災児生きて米寿の花に会ふ　（東京都）橋本栄子
囀《さえず》りの森に濁世を遠くして　（加古川市）森木史子
☆汀子師を偲ぶ虚子忌となりにけり　（泉大津市）多田羅初美
人生のところどころに花吹雪　（厚木市）北村純一
湖は知るらし白鳥の帰る日を　（仙台市）鎌田　魁
花種の売場眩《まぶ》しき道の駅　（奈良市）田村英一
今日よりは桜と歩く十日かな　（伊丹市）保理江順子
兵役を覚悟せし過去葱坊主《ねぎぼうず》　（西条市）稲井夏炉
桃咲きて自慢の村となりにけり　（川越市）大野宥之介
講堂に校歌の余韻卒業す　（豊岡市）山田耕治

評　第一句。戦災孤児の苦難の道を思うと、「米寿の花」に会えた喜びは計り知れない。第二句。コロナ禍やウクライナ紛争を離れ、しばらく森の中で囀りに聞き入る。第三句。虚子忌は4月8日、改めて汀子先生のことを偲ぶ。

【高山れおな選】　四月十七日

蒲公英《たんぽぽ》は田のポポ田一面のポポ　（桑名市）尾崎泰宏

種物屋よろづ屋となり今に在り　（神戸市）岸下庄二

しやぼん玉吹く児のゐない戦の地　（川口市）青柳　悠

春場所の裏番組は戦禍なり
（栃木県壬生町）あらゐひとし

☆馬の仔も出して厩舎《きゅうしゃ》に風通す　（横浜市）山本幸子

春田打つ誤字と当て字の農日誌　（大和市）荒井　修

出棺に孫のハモニカ風光る　（東久留米市）夏目あたる

☆四月馬鹿みんなイワンのばかとなれ
（八王子市）額田浩文

すみれになつた漱石の「それから」
（川崎市）八嶋智津子

初蝶を連れて待ち人現るる
（長野県立科町）村田　実

評　尾崎さんオリジナルの蒲公英の語源説。「田の」から「田一面の」への広がりが良い。岸下さん。こういう店、昔はよくあったが、今もあるところにはあるのだろう。青柳さん、あらゐさん。日本との対比で戦火の地を思い遣《や》る。

【小林貴子選】　四月十七日

☆海を見て独りでゐたき卒業日　（横浜市）髙野　茂

誰待つとなく虚子の忌の句座暮るる　（島根県邑南町）髙橋多津子

☆馬の仔も出して厩舎に風通す　（横浜市）山本幸子

一宿をして夕桜朝桜　（流山市）荒井久雄

イースター・エッグ地球は脆《もろ》き星　（高岡市）池田典恵

春雷と成りて吼《ほ》えたき事多し　（川西市）原田紫陽

即断の好きな女ようらけし　（北海道鹿追町）髙橋とも子

あの頃の歩巾《ほはば》を胸に四月来る　（千葉市）相馬詩美子

羊歯《しだ》の芽の獣めきたる巻毛かな　（東京都）長辻象平

頂点に持ち堪《こた》えたり揚雲雀《あげひばり》　（新座市）五明紀春

評

一句目、卒業式を無事に終えた日に一人で海を見ていたいとは、何ともロマンチック。二句目、句会を行いつつ、どこか人恋しい思いになるとは、虚子忌ならではの心情だ。三句目、馬の仔の生まれた厩舎が春らしく、明るい。

【長谷川櫂選】　四月十七日

初花や吉野に汀子物語　（枚方市）石橋玲子

☆四月馬鹿みんなイワンのばかとなれ　（八王子市）額田浩文

一斉にめくる一枚大試験　（静岡市）松村史基

春愁やマトリョーシカのどの顔も　（富士市）小泉　博

桜エビ真白き富士のふもとまで　（東京都）松木長勝

春なのに地獄の様な国がある　（東京都）土橋千鶴子

一枝咲く一樹に敷いて花筵《はなむしろ》　（多摩市）田中久幸

☆汀子師を偲ぶ虚子忌となりにけり　（泉大津市）多田羅初美

☆海を見て独りでゐたき卒業日　（横浜市）髙野　茂

春愁と気づいてよりの春愁　（松山市）正岡唯真

評　一席。稲畑さんは毎春、吉野山で花の句会をした。さまざまな思い出があるだろう。二席。「イワンのばか」は無上の善人。同じロシア人なのに。三席。試験場の緊張した空気。十句目。恋と気づいて恋がはじまるのと同じ。

【高山れおな選】　四月二十四日

春泥や遺物のごとき戦車ゆく　（広島市）髙垣わこ

まいまいや昔かたぎを囃《はや》さるる　（大村市）髙塚酔星

ワグナーの如《ごと》押し寄せて来る鰊《にしん》　（静岡市）松村史基

落椿《おちつばき》てふ名に生まれ変りけり　（今治市）横田青天子

にくきゅうのよろこんでいる春の土　（成田市）かとうゆみ

少年のひげうつすらと初燕　（千葉市）細井章三

今朝干しとテントに大書目刺し売る　（仙台市）三井英二

太古より火色変はらず野を焼けり　（名古屋市）中野ひろみ

孤独てふ俳句の宝庫西行忌　（仙台市）柿坂伸子

その上に教室並ぶ花の雲　（多摩市）田中久幸

評

髙垣さん。事態全体の時代錯誤感が「遺物」の語を呼び出した。髙塚さん。囃されるような昔かたぎなら良いのだが、ロシア大統領のあれも一種の昔かたぎに違いない。松村さん。曲は何？　やっぱり「ワルキューレの騎行」か。

【小林貴子選】　四月二十四日

早い者勝ちはきらひや春炬燵《はるごたつ》　（大阪市）大塚俊雄

春の雪なにか言ひつつ降つて来る　（栃木県高根沢町）大塚好雄

人嫌い桜も嫌い十五歳　（さいたま市）與語幸之助

血色のすぐれぬ桜空覆ふ　（東京都）山口晴雄

春宵《しゅんしょう》やさびしくなれば見るコント　（佐賀県基山町）古庄たみ子

雀の子雀隠れをためしをり　（大阪府島本町）池田壽夫

ダイジョブは断り言葉万愚節　（霧島市）久野茂樹

落ちてゐる椿を踏まぬ礼儀かな　（多摩市）金井　緑

葉桜やオールを上げて敵称《たた》ふ　（北本市）萩原行博

春雨や末期の鹿のホーと鳴き　（高山市）田中広宣

評

一句目、私ものほほんとしているので、早い者勝ちはご遠慮したい。共感の一句。二句目、ふわりふわりと来る春の雪が何か語っているとは、今度聞きとめてみたい。三句目、十五歳はそんな年齢かも。今後また変わるだろう。

【長谷川櫂選】　四月二十四日

柩《ひつぎ》にはをさまりきらぬ朧《おぼろ》あり　（横浜市）三玉一郎

人類の居るこの星の寒さかな　（いわき市）馬目　空

片耳は死んで桃咲く静かさよ　（福岡市）三十田　燦

麦の国に傍若無人戦車かな　（福津市）吉田ひろし

不条理の戦車の轍《わだち》春の雪　（飯塚市）釋　蜩硯

大いなる水輪を蜷《にな》は見上げをり　（東かがわ市）桑島正樹

若鮎《わかあゆ》の堰《せき》に弾かれまた挑む　（大垣市）大井公夫

世界史にキエフの春が載る日来る　（筑紫野市）二宮正博

砲煙にけぶる村々柳絮《りゅうじょ》飛ぶ　（東京都）朝田冬舟

こはごはと花見楽しむ今年かな　（鎌倉市）吉田和彦

評

一席。人間は一つの柩に入りきらない。はてしない心の世界。二席。人類がいるせいで寒いのだ。青ざめた地球。三席。「死んで」が実感なのだろう。「聞こえない」では表せない境地。十句目。それでも楽しむとは頼もしい。

【大串章選】　四月二十四日

寝たきりの生の安堵《あんど》や春日和　（東大阪市）宗本智之

戦なき国に住む幸花仰ぐ　（八王子市）大串若竹

亡き父の部屋より見ゆる山桜　（石川県能登町）瀧上裕幸

不発弾出でし校庭入学す　（大村市）小谷一夫

一軒の苫屋《とまや》に似合う桜かな　（高槻市）山岡　猛

逝くときの言葉を探る春の夢　（東京都）小出　功

摘草の彼方《かなた》に古墳見えにけり　（今治市）横田青天子

卒業し無人駅から東京へ　（戸田市）蜂巣幸彦

水上バス花見て花に見られけり　（海南市）楠木たけし

一斉に鳥の飛び立つ野焼かな　（富士見市）阿部泰夫

評

第一句。寝たきりの暮《くら》しでも生あることは幸せ、安らかに過ごしたい。第二句。連日報じられるウクライナの惨状、改めて「戦なき国」の有難さを思う。第三句。父上もご存命の頃はその「山桜」を楽しんでおられただろう。

【小林貴子選】　五月一日

布貼りの本の手ざはり春をしむ　（横浜市）前島康樹

春愁に草間彌生は重過ぎる　（栃木県壬生町）あらゐひとし

芽吹きたる樹も焼かれおりウクライナ　（西尾市）水野啓子

涙には涙で応へ春の星　（青森市）小山内豊彦

ふらここや妻にまだあるあどけなさ　（茅ヶ崎市）清水呑舟

下駄鳴らし昼のレビューへ荷風の忌　（東京都）徳原伸吉

地の中に天《てん》の川あり水送り　（八幡市）小笠原　信

遠まわりなれどこの坂啄木忌　（千葉市）相馬詩美子

若芝やダンサー上着放り投げ　（富士市）村松敦視

ジーパンの先生といて春たのし　（東京都）各務雅憲

評

一句目、本の表紙の素材は紙、布、皮革などさまざまあり、その手ざわりは読書の楽しみの一環である。二句目、芸術を鑑賞するに際して、受け取り手の気力が必要となることも。三句目、平和を希求する俳句よ、かの地に届け。

【長谷川櫂選】　五月一日

戦争のはらわた晒《さら》す春の泥　（川崎市）杵渕有邦

この国の平和に広ぐ花筵　（熊本県氷川町）秋山千代子

勿体《もったい》なや吾を包める花吹雪　（長崎市）徳永桂子

武蔵野の朧月夜のごと老いぬ　（三郷市）岡崎正宏

人死んでやや軽くなる空に蝶　（稲城市）日原正彦

雲雀なきやまず鳴き止まず雲隠る　（金沢市）前　九疑

逃水にあらず難民逃げゆけり　（八王子市）額田浩文

ロシアにも反戦の波春は来る　（八尾市）宮川一樹

初花やいま渾身《こんしん》の五六輪　（姫路市）橋本正幸

やはらかに柳あをめる泣くもんか　（大分県日出町）松鷹久子

評　一席。市民がＳＮＳで発信する戦争の実態。まさに「戦争のはらわた」。二席。平和は尊い。ウクライナ侵略を見るにつけ。三席。「勿体なや」は花の命への感謝。「有難い」を上回る。十句目。啄木の歌は「泣けと如くに」。

【大串章選】　五月一日

八十路とて未来見つめて苗木植う
（兵庫県太子町）一寸木詩郷

潮干狩海の畑を掘りかえし
（松阪市）前中睦雄

散る覚悟なんていらない桜散る
（厚木市）奈良　握

花ふゞき満身の老祓《はら》ひけり
（和泉市）久住泰司

月蹴つて地球へ帰る半仙戯《はんせんぎ》
（高松市）島田章平

囀《さえずり》に答へて小川唄ひけり
（前橋市）荻原葉月

逃げ水や追はずにをれば逃げぬもの
（富士市）村松敦視

花に散る力の満ちてどつと散る
（大阪市）眞砂卓三

地より起ち小走りにゆく落花かな
（東京都）望月清彦

父の忌や母に土産の新茶買ふ
（相模原市）はやし　央

評　第一句。八十路には八十路の未来がある。苗木は確実に育つ。第二句。「海の畑」が言い得て妙。今年の収穫やいかに。第三句。その通り。「♪咲いた花なら　散るのは覚悟　みごと散りましょ　国のため」（軍歌「同期の桜」）

【高山れおな選】　五月一日

揉《も》みに揉む潮の流れや桜鯛《さくらだい》　（加古川市）森木史子

植物が魔法の如く伸びて春　（山梨県市川三郷町）笠井　彰

桜には秘密いろいろ咀嚼音《そしゃくおん》　（伊勢崎市）小暮駿一郎

残雪を傭兵《ようへい》シリアより来たる　（日立市）川越文鳥

涅槃図を仰ぎ畳の冷えつのる　（八代市）山下しげ人

陽炎の果てに戦火のあるといふ　（八代市）山下さと子

小三治のまくらのやうな遅日かな　（東京都）小山公商

それなりに直線になる田打かな　（流山市）荒井久雄

被爆の地陽炎の立つ坂のぼる　（対馬市）神宮斉之

四月馬鹿触れれば倒れさうな家　（相馬市）根岸浩一

評

森木さん。蒼い潮と桜色の鱗《うろくず》のイメージが鮮やかな想像句。来山《らいざん》に〈揉みに揉む歌舞伎の城や大晦日《おおみそか》〉。笠井さん。素朴だが実感のある比喩が愉快。小暮さん。梶井基次郎は「桜の樹の下には屍体《したい》が埋まっている！」と言ったが。

【長谷川櫂選】　五月八日

戦争は憎むべし花は愛すべし　（東松山市）小熊なが,子

花粉症うごめく春のそこかしこ　（新潟市）岩田　桂

春浅し乳房へ帰れ兵士らよ　（東村山市）小熊寿房

仰ぐといふこと久し振り花見かな　（東京都）青木千禾子

軽やかな囀なのに名を知らず　（高松市）渡部全子

初蝶や二日過ぎればたくましく　（岡崎市）澤　博史

多摩川はかつて死の川鮎《あゆ》上る　（町田市）枝澤聖文

ひとひらの花ひらひらと干し布団　（四日市市）福村比登美

老いの身の蒲団ひねもす花の冷え　（さぬき市）鈴木幸江

☆あんたとの六十六年しゃぼん玉　（飯塚市）古野道子

評

一席。憎むべきものの筆頭が戦争。今年の春はなおさら。二席。身辺に蠢《うごめ》くものの気配。花粉にかぎらず。三席。母の乳房へ、妻の乳房へ。兵器を投げ出して。十句目。六十六年連れ添った夫への追悼句。「あんた」がいい。

【大串章選】 五月八日

銃捨てて花美しき山河あり　（堺市）松本みゆき

春の雨卒寿八十路の長電話　（立川市）星野芳司

菜の花は喜色満面川濁る　（熊谷市）内野　修

墓終《はかじま》ひ戦死の祖父を掘る四月　（寝屋川市）今西富幸

青と黄の小さき旗ふるこどもの日　（東京都）大澤都志子

世捨て人とは違ふ孤や風光る　（船橋市）斉木直哉

古墳にも父母の墓にも花の雨　（横浜市）飯島幹也

過疎の地に大樹の枝垂桜かな　（長崎市）田中正和

落椿古書肆《こしょし》の風情遺《のこ》しけり　（市川市）をがはまなぶ

麦秋の過疎の村行く選挙カー　（新座市）稲葉敏子

評

第一句。太平洋戦争。あの時日本は戦争を止めてよかった。「国破れて山河あり」である。第二句。90歳と80歳の長電話が楽しそう。老いて初めて知ることもある。第三句。畑一面に耀《かがや》く黄色い菜の花。まさに「喜色満面」である。

【高山れおな選】　五月八日

塵取《ちりと》りの後退《あとずさ》りして昭和の日　（岐阜県揖斐川町）野原　武

春眠の夢の大作ありにけり　（横浜市）山田知明

春キャベツ兎《うさぎ》のように食べ尽くす　（浜松市）櫻井雅子

少年の睨《にら》む自画像山笑う　（福島県会津坂下町）五ノ井研朗

さより焼く腸《はらわた》とつて塩ふつて　（境港市）大谷和三

日溜《ひだまり》は小さな宇宙いぬふぐり　（熊本市）南野幸子

春服のハートが赤し裏地見る　（東京都）吉竹　純

のどけしや地球も地球儀もまわる　（霧島市）久野茂樹

花ふぶき両手を広げただ歩む　（横浜市）大垣孝子

豚カツに搾る檸檬《レモン》や夏に入る　（東大阪市）宗本智之

評　野原さん。後退りする塵取りが、遠ざかる時代とその生活感を巧みに象徴する。山田さん。「大作」が言い得て妙だ。ジャンルはなんだったんだろう。櫻井さん。自分（たち）のあまりに豪快な食べっぷりに、我ながらあきれて。

【小林貴子選】　五月八日

真つ暗になるわけでなし春の闇　（志木市）谷村康志

舳《へ》先《さき》みな夏へ向けたるクルーザー　（神戸市）藤井啓子

踏んでるよそれが地獄の釜の蓋《ふた》　（武蔵野市）相坂　康

寄居虫の湯槽《ゆぶね》に漬かる如移る　（門真市）田中たかし

春三日月のつぺらぼうの侵略者　（長崎市）里中和子

一握の力ほどいて種下し　（横浜市）詫摩啓輔

血の色の侵攻地図や春遅き　（八幡市）吉川せい子

めぐり来る復活祭のマグノリア　（オランダ）モーレンカンプふゆこ

春愁の受話器を戻したる静寂《しじま》　（岩倉市）村瀬みさを

☆あんたとの六十六年しやぼん玉　（飯塚市）古野道子

評

一句目、闇にも濃淡はある。「春の闇」らしさが捉えられた。二句目、海に出て楽しむ季節がやって来る。夏に向けるという表現に未来が宿る。三句目の「地獄の釜の蓋」は薬草のキランソウ、すごい名前の草だ。

【大串章選】　五月十五日

菜の花を青い花瓶に祈り込め　（東京都）篠原めぐみ
バス降りて校門までの花の道　（宇佐市）金子政則
老ゆるとは友の死ぬこと桜散る　（横浜市）加藤重喜
姉を追ふ妹の補助輪風光る　（福岡市）松尾康乃
過疎の村残る自然の春景色　（河内長野市）木村杉男
忍者の里鶯笛に和みたる　（東村山市）髙橋喜和
見下ろせば碁盤にあふる梨の花　（川崎市）しんどう　藍
ひとつづつ見えてくるもの花曇　（横浜市）込宮正一
酒を飲む屋台に小さき鯉のぼり　（新座市）丸山巌子
春寒や藍の湯飲みの吉田焼　（伊万里市）田中秋子

評　第一句。菜の花の黄と花瓶の青にウクライナの国旗を思い、ウクライナ紛争の一日も早い収束を願う。第二句。私も高校生の頃はバス通学、バス停から校門まで桜の並木道だった。第三句。友の死を聞くたびに自分の余命を思う。

【高山れおな選】　五月十五日

晩年をめぐる七曜花は葉に　（彦根市）阿知波裕子

花筏《はないかだ》割りいって鮒《ふな》釣りにけり　（高崎市）本田日出登

鳥交るピカソの女目三つ　（弘前市）川口泰英

母の日や呼べば振り向くお母さん　（長岡市）安達ほたる

ペン多き看護師の胸春兆す　（長野市）斎藤俊幸

若駒の四肢踏んばるや金の糞　（東京都）金子文衛

モチーフの春筍《たけのこ》のごろ寝かな　（川崎市）石坂敦生

囀りやギリシャワインを酌み交す　（ドイツ）ハルツォーク洋子

鱚《きす》釣やバケツの中の雲ひとつ　（諫早市）後藤耕平

ふるさとは水の惑星夏立ぬ　（印西市）土子とみ子

評

阿知波さん。語感が華やか。晩年とは花の後の新緑の季節なのだと主張する。本田さん。花筏そのものに割り入ってしまう句は珍しいだろう。川口さん。ピカソの人物に目が幾つあっても驚かないが、「鳥交る」の配合は絶妙だ。

【小林貴子選】　五月十五日

時間潰しにいそぎんちゃくと戯るる　（福岡市）加藤秀則

梅林や兜太の鮫《さめ》のつきまとふ　（糸魚川市）早津邦彦

翅《はね》閉じて蝶は平和を祈りけり　（松山市）宍野宏治

白鳥群通訳なしに楽しめり　（三木市）酒井霞甫

弁当の金平旨し蝶の昼　（横浜市）武田喜代子

かなしみにふけばとばないしゃぼん玉　（成田市）かとうゆみ

心行くまでとは行かぬ桜かな　（下野市）久保田　清

☆春潮や堀江謙一ハワイ沖　（伊賀市）福沢義男

蝶蝶の縄張争いか入り乱れ　（久喜市）三餘正孝

月山《がっさん》の荒々しくも春茜《はるあかね》　（新庄市）三浦大三

評

一句目、磯巾着をつついて戯れるのが時間つぶしとは余裕あり、楽しそう。二句目は〈梅咲いて庭中に青鮫が来ている　金子兜太〉を忘れ得ぬ作者。三句目、人が合掌するように、蝶は翅を合わせるという。共に平和を祈りたい。

【長谷川櫂選】　五月十五日

鎌倉を船から眺め春惜しむ　（栃木県壬生町）あらゐひとし

佐保姫の後ろ姿を忘れ得ず　（長崎市）下道信雄

亀の子を五十年飼ひ人は老ゆ　（川越市）大野宥之介

ホトトギス歳時記読めばのどけしや　（東京都）野口嘉彦

☆春潮や堀江謙一ハワイ沖　（伊賀市）福沢義男

朝寝してけふの半分終はりけり　（仙台市）鎌田　魁

群青や春怨なんか知らぬ頃　（長崎市）里中和子

ウクライナ戦火広がり春深し　（横浜市）花井喜六

泥鰌《どじょう》掘る腰に空き缶ぶら下げて　（石岡市）斎藤あきら

いぢらしやいちばん端のチューリップ　（大阪市）大塚俊雄

評

一席。船から陸を眺める。春の寂しさかぎりなし。二席。行く春の後ろ姿。佐保姫と会ったこともないのに。三席。亀は万年というけれど寿命数十年？　この亀もかなり老いてはいる。十句目。端っこゆえに可憐《かれん》なのだ。

【高山れおな選】　五月二十二日

つまんねえつまんねえと猫のどけしや　（茅ヶ崎市）加藤西葱

ライオンの静かに眠る昭和の日　（東京都）各務雅憲

花万朶《ばんだ》揺れて戦争見えかくれ　（高山市）島尻純子

しあはせもたんと売る花舗春灯　（伊万里市）萩原豊彦

商ひもまた修羅道や薪能　（志木市）谷村康志

ゴヤのマハ十八世紀より裸　（武蔵野市）相坂　康

青空をチュチュチュチュチュと吸ふチューリップ　（稲城市）日原正彦

約束の二番出口に燕の巣　（国分寺市）毛利親雄

もくれんとつつじの門に夏来る　（長崎県小値賀町）中上庄一郎

ヒヤシンスジャージの似合ふ新校長　（神戸市）涌羅由美

評

加藤さん。猫のある〝感じ〟をよく捉えているのではないか。猫好き各位のご意見をうかがいたし。各務さん。意外だが格調の高い取合《とりあ》わせ。島尻さん。これも現在という時のある〝感じ〟を摑《つか》んでいる。遠くて近い戦争が続く。

【小林貴子選】　五月二十二日

句と人を愛す憲法記念の日　（明石市）榧野　実

春の月淋しき者を見つけ出す　（柏市）藤嶋　務

すばやくて蜥蜴《とかげ》はいつも愛想無し　（各務原市）市橋正俊

梨の花中野重治思う比《ころ》　（宇都宮市）月坂弘身

故里の花の目安として虚子忌　（島根県邑南町）服部康人

春の宵こころ何処《どこ》かが未完成　（苫小牧市）齊藤まさし

はつたりの効かぬ齢《よわい》や春の雷　（松山市）杉山　望

折り筋の反発力や新学期　（焼津市）増田謙一郎

夜桜やライトアップはいらぬけど　（倉敷市）森川忠信

亀鳴くや汀子も嘆く虎不振　（岐阜県池田町）小田信之

評

一句目、私たち日本国民は平和憲法のもとに生きている。人と俳句とを愛しつつ。二句目、淋しがりやを見つけたら、春の月は少し光を増してくれそう。三句目、愛嬌《あいきょう》をふりまくペットも良いが、去るだけの蜥蜴の存在も捨て難い。

【長谷川櫂選】　五月二十二日

げんげ田にかの日無限の夢を見き　（東京都）松木長勝

☆天空を駱駝《らくだ》の列か黄砂降る　（呉市）居倉健二

万華鏡の内《なか》にゐたのか春暮るる　（桑名市）藤井シゲ子

鉛筆の先より春の眠りかな　（大阪市）上西左大信

ロシア化といふ見出し文字若葉寒　（石川県能登町）瀧上裕幸

この宿は桜かぶさる露天風呂　（河内長野市）西森正治

花筏大蛇の如くうねりけり　（東京都）上田尾義博

青不動青葉の山に坐《いま》しけり　（尼崎市）田中節夫

長嶋のあのホームラン昭和の日　（横浜市）御殿兼伍

惜春やこんな春でも春は春　（玉野市）北村和枝

評

一席。空ゆく雲を仰いでいるのだ。レンゲ草畑に寝転ぶ少年。二席。隊商の列が空を通ってゆく。シルクロードの果て。三席。次々に組み替わる色とりどりの世界。春という万華鏡。十句目。侵略戦争にコロナ、船の沈没まで。

【大串章選】　五月二十二日

☆天空を駱駝の列か黄砂降る　（呉市）居倉健二

子供の日戦火の子供思いけり　（東京都）片岡マサ

春暁に夜釣りの魚籠《びく》を覗《のぞ》きけり　（河内長野市）西森正治

新緑の真つ只中を野辺送り　（長崎市）徳永桂子

入船の汽笛が時計磯菜摘む　（茅ヶ崎市）清水呑舟

巣燕や海辺の町の理髪店　（箕面市）藤堂俊英

丹精の畑に寄り添ふ葱坊主　（加古川市）森木史子

春の虹大吊橋は通学路　（前橋市）武藤洋一

一途なる蟻《あり》の行列見てゐたり　（伊丹市）保理江順子

病室の窓が額縁山笑ふ　（八王子市）長尾　博

評　第一句。黄褐色の虚空に「駱駝の列」がつづく。「黄砂」が生み出した砂漠のイメージ。第二句。ロシアのウクライナ侵攻により、罪のない子供たちが苦しんでいる。一日も早い停戦を切に願う。第三句。昨夜の釣果やいかに。

【小林貴子選】　五月二十九日

花冷の関白河に霊あまた　（水戸市）町川悠水

駅ホーム一目で判る新社員　（野洲市）深田清志

新キャベツ食ひたきと寄るとんかつ屋　（岐阜市）金子秀重

プーチンもあづかるミサや復活祭　（尼崎市）岩鼻絹子

連休の一日憲法記念の日　（長崎市）佐々木光博

柔らかき身を構へたる仔猫かな　（伊勢崎市）小暮駿一郎

蟻巻《ありまき》のつぶつぶ一寸づつうごく　（神戸市）倉本　勉

古事記伝ほつほつほつと山桜　（三重県大台町）瀬川令子

コント見て増すさみしさや春惜しむ　（いわき市）岡田木花

三島対全共闘の夏が来ぬ　（大阪市）上西左大信

評

一句目は東北に入る要衝、白河の関。古今に訪れた人の魂は、花冷えに居心地良さそう。二句目、ぴかぴかの小学一年生と同じくらいよく目立つ新入社員。三句目、旬の食材についいて、私も同じ気持ち。新キャベツの方がメイン。

【長谷川櫂選】　五月二十九日

風薫るかつては坂の上に雲　（東京都）吉竹　純

太陽と月と地球やこどもの日　（新宮市）中西　洋

ひらがなの国へ上ると鮎勢ふ　（越谷市）新井髙四郎

九十がそこに来てゐる白絣《しろがすり》　（福岡県鞍手町）松野賢珠

子どもたち鼻のてつぺんから夏へ　（三郷市）岡崎正宏

戦争が春も命も奪ひけり　（長岡京市）寺嶋三郎

戦争は止まず憲法記念の日　（東京都）櫻井京子

はくれんの花ほどけゆく一戸かな　（川崎市）神村謙二

子を三人うしなひし母に母の日来　（豊中市）鈴木和子

マスクして愛も語らず四月尽　（寝屋川市）今西富幸

評

一席。理想をめざした明治の青春群像。変わり果てた現代がある。二席。誰もがこんな宇宙で生きている。子どもだけでなく。三席。し、く、つ……の形のようにしなやかな若鮎たち。十句目。口が×のミッフィーを思い出した。

【大串章選】　五月二十九日

つばくらめ積年の家失せにけり　（高岡市）野尻徹治

母の日に妣《はは》の好みし花探す　（横浜市）松永朔風

見渡せど一軒だけの鯉幟《こいのぼり》　（長崎市）下道信雄

監督も主演も逝きて雲の峰　（玉野市）北村和枝

墳丘を囲む植田の水明り　（東かがわ市）桑島正樹

少年はくるりと夏へ逆上がり　（市川市）竹内空夫

梵鐘《ぼんしょう》の跡のふらここ山の寺　（さいたま市）齋藤紀子

難民の子供に笑顔風薫る　（石巻市）兵藤康行

抱へられ浸《つ》かる白寿や菖蒲《しょうぶ》の湯　（仙台市）柿坂伸子

道をしへ県道に来て別れけり　（川越市）大野宥之介

評　第一句。長年続いていた家が撤去され、毎年やって来る燕もびっくり。第二句。母堂がお好みの花は何だろう。ぜひ探し出して霊前に供えて下さい。第三句。嘗《かつ》ては方々に鯉幟が立っていたが今は一軒だけ。これも少子化の影響か。

【高山れおな選】　五月二十九日

菜の花の迷路に溶けてしまふ子よ　（大阪市）今井文雄

流れゆく景残像も亦《また》みどり　（玉野市）勝村　博

桜満開さみしさはからだいっぱい　（飯塚市）古野道子

烏《からす》よ烏よ真っ青なりし夏の壮年　（神戸市）豊原清明

爽の字はバツテン多し昭和の日　（伊勢原市）合志伊和雄

捨て猫の蒲公英の絮纏《わたまと》ひけり　（千葉市）團野耕一

説明に窮するを問ふ入学児　（栃木県壬生町）あらゐひとし

年経りて暗黙定食冷奴　（飯塚市）釋　蜩硯

ものくるる友の来てをる日永かな　（札幌市）樋山ミチ子

たけのこはコンクリートもこわすパワー　（川崎市）川上そう

評

今井さん。立ちこめる甘い匂いが誘う、危険な幻想。勝村さん。車窓風景。「大都《おおよそ》山は山を愛する人に属す　白楽天」。古野さん。ご夫君を亡くされた由、メモに。「からだいっぱい」の単刀直入が良い。十席の川上さんは八歳。

【長谷川櫂選】　六月五日

戦争がテレビに映るこどもの日　（石川県能登町）瀧上裕幸

夏の日の夢の素敵な終り掛け　（岐阜市）阿部恭久

☆人生の終着駅や籐《とう》寝椅子　（熊本県氷川町）秋山千代子

☆母の日も戦争容赦なく続く　（小松市）太田太右衛門

瞼《まぶた》閉じて聴く囀と爆撃と　（オランダ）モーレンカンプふゆこ

蚕豆《そらまめ》のどれも漫画のやうな顔　（八代市）山下しげ人

子供の日子供に還る日でもあり　（東京都）豊　万里

一行の重さ憲法記念の日　（静岡市）松村史基

夏なれやマスク疲れの耳のうら　（さいたま市）岩間喜久子

筍を掘るや身に付く透視術　（紀の川市）満田三椒

評

一席。こどもたちはどう思っているだろう。プーチンの侵略戦争を。二席。「真夏の夜の夢」はシェークスピアの劇。これは真昼の夢か。三席。籐の寝椅子に行き着く。そんな人生もある。十句目。きっと長年の鍛錬の賜物《たまもの》。

【大串章選】　六月五日

☆人生の終着駅や籐寝椅子　（熊本県氷川町）秋山千代子

鯉幟空の果《はて》には戦火の子　（岡山市）内田一正

聖五月震災孤児の挙式かな　（岡崎市）澤　博史

千年の古都に令和の鯉のぼり　（奈良市）田村英一

☆母の日も戦争容赦なく続く　（小松市）太田太右衛門

海女たむろ磯着まぶしや志摩の海　（四日市市）砂原治明

里山の駆け出しさうな新樹かな　（和歌山県上富田町）森　京子

公園に子等の声無しこどもの日　（埼玉県宮代町）鈴木清三

二階から祭見おろす人見上ぐ　（彦根市）阿知波裕子

葉桜や老いて初めて知ることも　（大阪市）眞砂卓三

評

第一句。「人生の終着駅」が言い得て妙。籐寝椅子で静かに余生を送る。第二句。鯉幟は子供の成長を祝うものだが、ウクライナの惨事を思うと気が滅入《めい》る。第三句。「震災孤児」が苦難を乗り越え漸《ようや》く結婚式を挙げる。めでたし！

【高山れおな選】　六月五日

表札はトーマス薔薇《ばら》はエリザベス　（三木市）内田幸子

滝の風鳥語揺らして落ちてくる（名古屋市）中野ひろみ

あやまちをまたくりかへし春逝けり
（名古屋市）池内真澄

草に寝て貧乏草を愛《いとお》しむ　（立川市）笹間　茂

法事みなきれいに老けて青楓《あおかえで》（朝倉市）深町　明

働いて遊んで暮らす五月かな　（岐阜市）阿部恭久

夕焼やどろりと長き牛の舌　（伊勢崎市）小暮駿一郎

戦士らの母に母の日暮れにけり　（高山市）大下雅子

亀は鳴く夏井いつきが云へば鳴く（大船渡市）桃　心地

出口なき七十億や梅雨に入る（福島県伊達市）佐藤　茂

評　内田さん。トーマス某氏が住む家にクイーン・エリザベスが咲き零《こぼ》れる。英語人名の対比が巧妙。中野さん。風、滝飛沫《たきしぶき》、鳥の声、木漏れ日の揺らめき。池内さん。句意明瞭。三橋敏雄に、〈あやまちはくりかへします秋の暮〉。

【小林貴子選】　六月五日

梯梧《でいご》真つ赤復帰の前もその後も　（高松市）島田章平

畦を塗るコントラバスを弾くやうに　（日高市）金澤高栄

鳧《けり》の巣にうかと近づき威嚇さる　（岩倉市）村瀬みさを

つぴつぴつ小名木川面にしじふから　（東京都）原　千弘

荷風忌や消えて久しき墨田ユキ　（三木市）矢野義信

草笛の何を吹くとも悲歌のごと　（柏市）物江里人

この年も桜に置いて行かれけり　（仙台市）柿坂伸子

燕とぶ蛇に卵をとられても　（直方市）岩野伸子

老漁師帰港の舟に鯉のぼり　（新座市）丸山巌子

何もかも濡らしてをはる水遊び　（長野市）縣　展子

評　一句目、沖縄の本土復帰から五十年が過ぎ、県花の梯梧は変わらぬ鮮やかな緋《ひ》色《いろ》に咲く。戦禍の犠牲を心に刻む。二句目、誰も思いつかないような斬新な比喩が楽しい。三句目のケリは気が強い鳥で、近づけば人間も威嚇される。

【大串章選】　六月十二日

遠き日の歌声喫茶夏がすみ　（武蔵野市）相坂　康

道化師の並ぶがごとき葱坊主　（岡崎市）米津勇美

春愁やいよいよ謎めく少女の死　（伊賀市）福沢義男

茶摘女が珈琲を飲む昼餉《ひるげ》かな　（横浜市）飯島幹也

薫風や吾子の十年吾の十年　（千葉市）駒井ゆきこ

玉葱吊る終《つい》の栖《すみか》の山家かな　（島根県邑南町）椿　博行

かの日へと還る径《みち》あり桐の花　（川西市）上村敏夫

水鉄砲笑いの中に放ちけり　（飯塚市）釋　蜩硯

風鈴や仮設の軒にひとつ揺れ　（大和市）荒井　修

老鶯《ろうおう》に目覚むる新居森近し　（広島市）浜村匡子

評　第一句。嘗て歌声喫茶では「トロイカ」や「カチューシャ」などロシア民謡をよく歌った。ロシア軍のウクライナ侵攻は想像を絶する。第二句。葱坊主を道化師と言い做《な》した。おもしろい。第三句。事件か事故か、捜査は続く。

【高山れおな選】　六月十二日

亀鳴くや五臓六腑《ごぞうろっぷ》が鳴るに似る　（三鷹市）宮野隆一郎

兜太の句蛾《が》の如くあり熱くあり　（三郷市）岡崎正宏

つばくらめ海物語一身に　（福山市）高垣光利

父逝きて未完の薔薇のアーチかな　（東京都）伊藤直司

亀鳴くや女医に眼底覗かれて　（福島県会津坂下町）五ノ井研朗

紫はいのちの高さ杜若《かきつばた》　（本巣市）清水宏晏

復活祭ケーキの馬車の女馭者《ぎょしゃ》　（小城市）福地子道

飢人《うえにん》地蔵隣濛々《もうもう》鰻《うなぎ》店　（福岡市）前原善之

やはらかき崩壊もあり牡丹《ぼたん》散る　（各務原市）市橋正俊

母の日の母へ吾の名を繰り返す　（神戸市）檜田陽子

評　宮野さん。亀はそんな声で鳴くのか。聴いてみたい。岡崎さん。〈蛾のまなこ赤光なれば海を恋う〉に限らず兜太の句は蛾のようだと言う。いや、判ります。高垣さん。海を越えて来た存在への憧れが「海物語」の造語になった。

【小林貴子選】　六月十二日

母の日とテレビが告げてゐる酒場　（越谷市）新井高四郎

牡丹《ぼうたん》の黄色はなんとなく不思議　（神戸市）玉手のり子

薫風や背筋を伸ばし引退す　（今治市）宮本豊香

「蜘蛛《くも》ですが、何か」と壁に身動《みじろ》がず　（川越市）渡邉　隆

夏帽子淋しく回すくるりんぱ　（さいたま市）齋藤紀子

復帰の日ガマといふガマ滴れり　（東京都）三角逸郎

逆打に足摺旬の鯵《あじ》たたき　（海南市）榎　好子

緑陰に兜太汀子を読み返す　（橿原市）上田義明

どんたくの平和を紡ぐしゃもじ隊　（飯塚市）釋　蜩硯

スランプは逃げ口上やペン涼し　（神戸市）森岡喜恵子

評

一句目、昔風の酒場にてテレビが今日は母の日という。それだけなのに、この寂しさは何だろう。二句目、牡丹は紅も白も良い、黄色も。だが不思議と言われると納得。三句目、何から引退する際も、背筋を伸ばして去りたい。

【長谷川櫂選】　六月十二日

密に接して帰省子の憚《はばか》らず　（玉野市）勝村　博

揚雲雀高きは風になりにけり　（厚木市）北村純一

亀逝くや一万歳の初夏の朝　（各務原市）黒内春影

引揚げの船のデッキの大夕焼　（あきる野市）松宮明香

波うらら人魚ゐなくて波ばかり　（三豊市）磯﨑啓三

ウクライナ斯《か》く戦へり聖五月　（多摩市）又木淳一

生き方が貫く句集夏帽子　（横浜市）三玉一郎

泥鰌掘る名人にして指二本　（土浦市）栗田幸一

知床の海荒《すさ》びけり余花の雨　（草津市）あびこたろう

カチューシャを歌ひしことも遠き春　（箕面市）櫻井宗和

評

一席。久々の再会である。迎える家族もまた。二席。高く高く揚がった雲雀は風になる。断定こそ俳句の命。三席。亀は万年。天寿をまっとうした幸福な亀。十句目。何かやりきれない思い。カチューシャに罪はないけれど。

【高山れおな選】　六月十九日

夏草のキル・キル・キルと叫びをる（さいたま市）関根道豊

蟻の列すこし猫背の者もゐる（川越市）佐藤俊春

かくされた色えんぴつやつゆの空（成田市）かとうゆみ

恐々《こわごわ》と触れればぬくき袋角（神戸市）池田雅かず

☆乗客はすべて老人アロハシャツ（東京都）竹内宗一郎

母死して楽と涙や月見草（船橋市）斉木直哉

大南風《おおはえ》や演歌の洩《も》るる海女の小屋（茅ヶ崎市）清水呑舟

テーブルの流るる木目走り梅雨（横浜市）込宮正一

駅守る猫の駅長夏来る（長崎市）飛鳥太郎

山峡に煙るが如く花樗《はなおうち》（高槻市）日下總一

評

関根さん。「殺せ」と連呼する夏草？敵意を感じさせる程の、自然の猛々《たけだけ》しいエネルギーを表現する。佐藤さん。みるみるズームインする視覚、見えたものの哀感とユーモア。かとうさん。灰色の梅雨空を婉曲《えんきょく》な比喩で捉えた。

【小林貴子選】　六月十九日

紅薔薇満開　樺《かんば》　美智子の忌　（久喜市）梅田ひろし

山登る心の足場探しつつ　（仙台市）鎌田　魁

「人生が二度あれば」なんてしゃぼん玉　（取手市）金田好生

麦藁《むぎわら》のストローのカフェ今日開店　（八王子市）額田浩文

青葉濃く十六歳の血は苦き　（東京都）漆川　夕

どれもみなガラスのやうな夏料理　（宇部市）伊藤文策

げじげじと本名二度も呼ぶ慣　（岐阜県揖斐川町）野原　武

青草を食《は》む七匹の小山羊《こやぎ》かな　（戸田市）蜂巣厚子

夏空や好成績の予感あり　（千葉市）團野耕一

麦飯や痩せっぽっちの少年期　（八代市）山下しげ人

評　一句目、六〇年安保の年、デモに参加して命を落とした樺美智子さんは今も忘れられない人だ。二句目、行動と心を安易に重ねるのは憚られるが、この句の「心の足場」には共感した。三句目、井上陽水の歌に衝撃を受けたあの頃。

【長谷川櫂選】　六月十九日

「考へる人」は裸で考へる　（八幡市）吉川せい子

父の日は気を使はせる日なりけり　（栃木県壬生町）あらゐひとし

猫といふ矛盾と暮らし五月闇　（御坊市）水村　凜

網棚に忘らるるべく夏帽子　（境港市）大谷和三

弁当にまじれる麦を隠せし日　（大阪市）今井文雄

忘れめや老女の聞かす茶揉唄　（新潟市）齋藤達也

漆《うるし》掻《か》く漆一滴血一滴　（津市）中山みちはる

姿見に骨皮さらし更衣　（対馬市）神宮斉之

まだ来ぬか岐阜の金山上り鮎　（河内長野市）西森正治

君逝《ゆ》きて筍呉《く》るる人もなし　（千葉市）團野耕一

評

一席。たしかに裸である。「地獄の門」のてっぺんで。二席。贈り物やらご馳走《ちそう》やら花束やら。三席。やはり猫は矛盾の生き物なのか。なかなか厄介。だからおもしろい。十句目。君を亡くした悲しさ。筍が届かない寂しさ。

【大串章選】　六月十九日

木の言葉水の言葉や風薫る　（神戸市）藤井啓子

風船の空彼の国へ続く空　（神戸市）涌羅由美

道をしへ風を案内してきたる　（福岡市）松尾康乃

郭公に里親里子思ひけり　（前橋市）荻原葉月

乱世に心落ち着く新茶かな　（八尾市）宮川一樹

四季のある日本良きかな更衣　（多摩市）岩見陸二

☆乗客はすべて老人アロハシャツ　（東京都）竹内宗一郎

特攻碑聳《そび》ゆる寺や樟若葉《くすわかば》　（加古川市）森木史子

島人の漁船で来たる浦まつり　（山口県田布施町）山花芳秋

道の駅燕の宿となりにけり　（名古屋市）池内真澄

評

第一句。「木の言葉」「水の言葉」のほか、地球上には人間の言葉、鳥獣の言葉など様々な言葉が飛び交う。第二句。空に浮かぶ「風船」を見てもウクライナのことを思う昨今。第三句。「道をしへ」が「風を案内」とはおもしろい。

【小林貴子選】　六月二十六日

北向きの書斎は陣地額の花　（多摩市）吉野佳一

五月の鷹翼傷めしままに飛ぶ　（直方市）岩野伸子

入寂の景もかくやと大夕焼　（神戸市）岸田　健

運河径みんな夏服みな自由　（小樽市）遠藤嶺子

ならまちに小筆を選ぶ夏はじめ　（神戸市）池田雅かず

新緑や烏もすべる滑り台　（佐倉市）杉山勝利

御柱曳《ひ》き来し手もて田を植うる　（岡谷市）大島弘人

ラッパーに合いの手入れし牛蛙《うしがえる》　（岸和田市）小林　凜

更衣老いて難問苦にならず　（倉吉市）尾崎槙雄

くったくをいっとき忘る昼寝かな　（東京都）片岡マサ

評　一句目、子どもの秘密基地のみならず、自分の陣地は大人にも必要だ。額紫陽花《がくあじさい》の見える書斎は居心地良さそう。二句目は寺山修司の〈目つむりていても吾《あ》を統《す》ぶ五月の鷹〉を底流に。三句目、美しい夕景を得てその時を安らかに。

【長谷川櫂選】　六月二十六日

真っ先に子供から死ぬこどもの日　（高松市）島田章平

一盛りの雫《しずく》の如き苺《いちご》かな　（静岡市）松村史基

蟻地獄日の出日の入明日もまた　（栃木県壬生町）あらゐひとし

☆万年も生きて一度は亀も鳴く　（所沢市）藤塚貴樹

父の日の免除たまはる皿洗ひ　（島根県邑南町）椿　博行

更衣今朝の空気は大吟醸　（金沢市）前　九疑

ハンモックひつくり返し降りにけり　（ドイツ）ハルツォーク洋子

五月闇ルドンの絵画みるごとし　（京都市）武本保彦

人肌のやうな手触り袋角　（泉大津市）多田羅紀子

親に出来る事はここまで豆御飯　（岩国市）冨田裕明

評

一席。ウクライナにみる戦争の非情さ。「こどもの日」とおくと強烈。二席。みずみずしい真っ赤な苺。山の滴りを盛ったような。三席。砂漠の巨大クレーターのよう。小さな蟻地獄が。十句目。何と愛情のこもる豆御飯だろう。

【大串章選】　六月二十六日

晶子忌やその反戦歌今もなほ　（名古屋市）碓井ちづるこ

望郷の色に紫陽花咲きにけり　（境港市）大谷和三

戻れざる過去へとどけと草矢打つ　（石川県能登町）瀧上裕幸

恋文を書くやうに飛ぶ蛍かな　（東京都）青木千禾子

紫陽花や涙の色のはじまりて　（平塚市）日下光代

老鶯を身近に聴きて峡に住む　（島根県邑南町）服部康人

断捨離の進みて曝書《ばくしょ》わづかなり　（いわき市）岡田木花

夏柳今も銀座に花売女　（神戸市）西　和代

四阿《あずまや》に脱ぎ捨てられし蛇の衣　（尾張旭市）古賀勇理央

戦死せし父恋ふ父の日なりけり　（泉大津市）多田羅初美

評　第一句。与謝野晶子の詩「君死にたまふことなかれ」は日露戦争中の作。人間は何時まで戦争を続けるのか。第二句。紫陽花の色を「望郷の色」と言ったところにポエムを感ずる。第三句。草矢を打ちながら子供の頃を思っている。

【高山れおな選】　六月二十六日

何だか大人っぽい雨後の新樹よ　（藤岡市）飯塚柚花

脱皮できぬ男がひとり更衣　（東京都）野上　卓

青嵐眉間《みけん》の皺《しわ》を撫《な》でて過ぎ　（藤沢市）朝広三猫子

鐘楼《しょうろう》の柱にとかげ桜桃忌　（川越市）大野宥之介

大花火ひそかに月のかかりけり　（東京都）望月清彦

ムクドリのミミズを狙う草いきれ　（横浜市）倉田幹夫

☆万年も生きて一度は亀も鳴く　（所沢市）藤塚貴樹

草矢もて射止めし妻と半世紀　（大村市）小谷一夫

磯の香が売りの民宿南風《みなみ》吹く　（神戸市）岸下庄二

白牡丹ひとつ息吐き夜に沈む　（日野市）森　澄代

評

飯塚さん。雨後の新樹の美しさ、その意表を突く捉え方。とつとつとした口語調も新鮮だ。野上さん。作者のみならず、当方にも痛い句ですよ。朝広さん。憂鬱《ゆううつ》な心を解放する風。三橋敏雄に〈老い皺を撫づれば浪かわれは海〉。

【長谷川櫂選】　七月三日

夏草や荒れ放題に麦畑　（福島県伊達市）佐藤　茂

薔薇《ばら》に雹《ひょう》やさしくいのちとびちりつ　（埼玉県松伏町）関　矩彦

水換へて一匹足らぬめだかかな　（神戸市）藤井啓子

青野とて着弾の穴あまたなり　（朝倉市）深町　明

花石榴《はなざくろ》ベランダに寝る他所《よそ》の猫　（東京都）柳川美恵子

星涼し地上にコロナ殺戮《さつりく》など　（三郷市）岡崎正宏

暑を捨てに来る人ばかり摩天楼　（東大阪市）斎藤詳次

定年の息子と荒瀬鮎《あゆ》の竿　（河内長野市）西森正治

ええかげん百姓にあき螢《ほたる》かな　（津市）中山みちはる

七人の敵は今友更衣　（横浜市）大井みるく

評

一席。ウクライナの穀倉地帯の惨状。これもまた「兵《つわもの》共が夢の跡」。二席。薔薇の花に雹が弾ける。薔薇の花も弾ける。三席。水に紛れて流れてしまった。そんなかすかな命。十句目。「定年後の自由人」と添え書きがある。

【大串章選】　七月三日

夏空やピカソと黄のゴッホ　（本巣市）清水宏晏

夕立や見切り発車の縄電車　（横浜市）斉藤すみれ

父の日や戦ふ兵の父思ふ　（上尾市）鈴木道明

一病を得て風鈴の澄み渡る　（柏市）藤嶋　務

山梔子《くちなし》や真白き命夕べまで　（伊丹市）保理江順子

虹色に光る貌《かお》ある蚯蚓《みみず》かな　（下関市）高路善章

風鈴や一条の風見逃さず　（北本市）萩原行博

外《と》つ国の実習生へ早苗投ぐ　（草津市）あびこたろう

百歳を目指す句作や風薫る　（知多市）田上義則

逃水を追ひて愉《たの》しく老いにけり　（東京都大島町）大村森美

評　第一句。眩《まぶ》しい夏の大空、ピカソの「青の時代」を思い、ゴッホの「ひまわり」を思う。第二句。激しく降り出した夕立、「見切り発車」は納得です。第三句。「父の日」は6月の第三日曜日、ウクライナ紛争はまだ終わらない。

【高山れおな選】　七月三日

紫陽花《あじさい》や息のきれいな子供たち　（浜松市）野畑明子

ねぢ花の最上階はなぞだらけ　（伊勢崎市）小暮駿一郎

よく見れば黄鶲《きびたき》揺れる藪《やぶ》の中　（東京都）椿　泰文

信号の遥《はる》か向こうや雲の峰　（玉野市）加門美昭

黒澤の映画より来し夕立かな　（東京都）吉竹　純

梅雨寒や樺《かんば》美智子は若きまま　（長野県松川村）中野重行

原発のある半島や雷遊ぶ　（石川県能登町）瀧上裕幸

折り返そうか突っ走ろうか六月尽　（岐阜県揖斐川町）野原　武

釣人の等間隔の日傘かな　（加古川市）森木史子

心臓のあたりに止まる蛍かな　（松山市）正岡唯真

評

野畑さん。山のような紫陽花と小さな子供たち。イノセンスへの祈り。小暮さん。ナンセンスの中に花の姿が見える。椿さん。声に誘われ、色で気づいた。揺れる黄色が切なくも美しい。芭蕉に〈よく見れば薺《なずな》花さく垣根かな〉。

【小林貴子選】　七月三日

銀漢やただ耳澄まし居る大地　（奈良県王寺町）前田　昇

きりもみて黄泉路《よみじ》までゆけ竹落葉　（東金市）山本寒苦

父の日の「行ってらっしゃい」声あはせ　（筑西市）加田　怜

投票所ついで帰りのビアホール　（横浜市）徳元てつお

人生はすべて仕事や汗をかく　（新潟市）岩田　桂

あまく寝て苦く目覚むる昼寝かな　（藤岡市）飯塚柚花

穀象に似たる御仁も在りにけり　（高岡市）野尻徹治

向日葵《ひまわり》のもう太陽を拒む向き　（津山市）池田純子

筍《たけのこ》の竹の旬とは良き字かな　（東京都）倉形洋介

ダービーの似合ふ男の六制覇　（流山市）荒井久雄

評　一句目、天空には天の川が掛かり、それと対峙《たいじ》する大地は静謐《せいひつ》である。二句目の竹落葉は夏の季語。細い葉は黄泉までも行きそう。三句目のお父さんはこの日も出勤？　潑剌《はつらつ》とした家族模様が描かれ、読者も明るい気持ちになる。

【大串章選】　七月十日

夏野ゆく一病息災杖にして　（横浜市）星野悠道

雲の峰父のミットへ投げし日々　（羽曳野市）菊川善博

薔薇の字のほどけるやうに薔薇散りし　（香川県綾川町）福家市子

牛小屋を涼しく覆ふ大樹かな　（合志市）坂田美代子

父の日も母の日もなく戦火の日　（東京都）加藤世志子

閉校す紫陽花の坂そのままに　（平塚市）日下光代

つややかに山道塞ぐ青大将　（下関市）内田恒生

平和とは戦争とはと草矢打つ　（越谷市）新井髙四郎

黒の単衣《ひとえ》母の決意を見し夜かな　（佐世保市）近藤福代

柿の花独り居助け合うてをり　（岩倉市）村瀬みさを

評

第一句。「一病息災」を「杖にして」が言い得て妙、ぜひ長生きして下さい。第二句。父とのキャッチボールが懐かしい。子供はいつもピッチャーだった。第三句。「薔薇」の画数は其々《それぞれ》16画と多い。薔薇はゆっくり散ってゆく。

【高山れおな選】　七月十日

亀鳴くを待ちて少年老いにけり　（豊田市）小澤光洋

いかさまの夏期講習もありにけり　（飯塚市）釋　蜩硯

代読の人稀《まれ》に見る汗つかき　（栃木県壬生町）あらゐひとし

蜘蛛《くも》の巣の雨の雫《しずく》のネックレス　（岡崎市）金丸智子

斬られ役に配るラムネや小休止　（諫早市）後藤耕平

求人の「髪色自由」西日窓　（横浜市）加藤敬子

はやぶさ2地球に帰り螢とぶ　（直方市）岩野伸子

青梅が入りましたと八百屋から　（西東京市）中村康孝

羅《うすもの》を着て戦争を観るゆふべ　（鶴ヶ島市）横松しげる

☆滝壺《たきつぼ》の中の選者や八千句　（長崎市）下道信雄

評

小澤さん。昔、上田五千石氏が俳句で人生を棒に振った云々《うんぬん》と言っていたのを思い出した。釋さん。内容がお粗末、またはいかさま自体の講習？　どちらにしても考え物。あらゐさん。句は軽妙、しかしこの人はちとお気の毒だ。

【小林貴子選】　七月十日

炎帝や宇宙由来の吾のゐる　（京田辺市）加藤草児

蛇の衣引けば蛇腹の伸びにけり　（門真市）田中たかし

おじぎ草三度閉じさせ飽きにけり　（日光市）土屋恵子

梅酒瓶「おとな」「こども」と母の文字　（川崎市）吉田ゆきえ

にじり寄る如《ごと》き山影夏座敷　（北九州市）野崎　仁

所在無いのか真剣なのか女郎蜘蛛《じょろうぐも》　（福津市）吉田ひろし

死に際は光ひきとる蛍かな　（東京都）山下光代

夏痩《なつやせ》に五欲の重さ残りけり　（大村市）小谷一夫

どかどかと夏が我が家にやって来る　（大津市）戸澤　稔

選に入らず舐《な》めるアイスクリーム　（東京都）大関貴子

評　一句目、リュウグウの砂からアミノ酸が見つかった。我々地球の生命も宇宙から来たのか。二句目、文字どおりこれが「蛇腹」と納得する。三句目、初めは楽しいと思っても何度もやれば飽きる。十句目、みんな諦めずに続けて。

【長谷川櫂選】　七月十日

梅雨の夜や愛されて打つホームラン　（富士見市）三井政和

花ざくろ散るを踏みけりぱちぱちと　（東京都）嶋田恵一

解禁の鮎に痺《しび》れる一匹目　（奈良市）上田秋霜

旬の鮎匂《におい》もろとも発句かな　（土浦市）髙井　昭

忘れられ昼顔咲ける野となりぬ　（東京都）漆川　夕

羅に付きし鱗粉《りんぷん》光りをり　（相模原市）はやし　央

子燕《こつばめ》や残る一羽のもどかしさ　（横浜市）本松健治郎

甚平を着て日曜はすぐ終はる　（越谷市）新井髙四郎

夏帽をかぶるもさして用なき身　（富士宮市）髙橋　弘

☆滝壺の中の選者や八千句　（長崎市）下道信雄

評

一席。多くの人に愛される大谷選手。存分に愛されたまえ。二席。すでに実の皮を思わせる石榴《ざくろ》の花。踏めば硬い音をたてる。三席。あたりの手応えに痺れたのだ。今年最初に釣った鮎。十句目。八千句の大瀑布《だいばくふ》、これまた涼し。

【高山れおな選】　七月十七日

錯覚のやうに消えたる梅雨の蝶　（柏市）田頭玲子

☆手ばなして風船夏にのまれけり　（東京都）漆川　夕

虎が雨全力で立つ販売機　（平塚市）日下光代

手術後や死より目覚めて見る夕焼　（高松市）島田章平

香水の香も懐かしく再会す　（大阪市）眞砂卓三

母がりにゐて夏暁の海の音　（大阪市）今井文雄

蛍火に古鏡のごとき流れかな　（八代市）山下しげ人

木の名前アプリに聞いて避暑散歩　（名古屋市）山守美紀

何一つ運んでをらず蟻《あり》の道　（兵庫県猪名川町）小林恕水

やさしさは紫陽花の葉の青さかな　（桶川市）玉神順一

評

田頭さん。感覚と認識のずれを捉えた句と言おうか。「梅雨の蝶」という言葉自体思えば寄る辺ない感じだ。漆川さん。六月中の梅雨明け、酷暑。何もかもが夏にのまれた。日下さん。自販機は、なるほど全身エネルギーの塊だ。

【小林貴子選】　七月十七日

白鷺《しらさぎ》のプテラノドンの如く舞ふ　（竹田市）伊藤信一郎

凜々《りり》しきは大石主税立版古《たてばんこ》　（大阪市）森田幸夫

人新世の人驕《おご》るなよ蟇《ひきがえる》　（武蔵野市）川島隆慶

蹴られても足元に居て夏蒲団　（狛江市）加古厚志

発酵といふ蠢《うごめ》きや梅雨の闇　（彦根市）阿知波裕子

砕け散りやがて無になる夜光虫　（筑紫野市）二宮正博

鷭《ばん》の子にこばんと名付け雨の沼　（さいたま市）田中松代

天地人みな異常なり雹《ひょう》散弾　（金沢市）前　九疑

晴天へぱおぱおぱおと立葵《たちあおい》　（栃木県芳賀町）渋谷彩香

ああ見えて肉食系の蛍かな　（名古屋市）鈴木修二

評　一句目、恐竜と鳥類には似たところがある。白鷺からプテラノドンを空想する楽しさ。二句目は「立版古」が夏の季語。錦絵の人物を厚紙に貼り、芝居の場面を再現する。三句目、人間の活動が地球に影響を与える現代を危惧する。

【長谷川櫂選】　七月十七日

限りなき時のはじまる夏休み　（弘前市）清水俊夫

見るほどに聡明《そうめい》そうな薔薇二輪　（いわき市）馬目　空

わがままな月下美人と一夜かな　（相模原市）大沼卓郎

☆手ばなして風船夏にのまれけり　（東京都）漆川　夕

丑三《うしみ》つや眠りて伸びる夏の草　（埼玉県宮代町）鈴木清三

今日は夏至よく働きて早寝せん　（長崎市）徳永桂子

熱中症他人の水を貰《もら》ひ受く　（東京都）各務雅憲

扇風機古くて風も味があり　（南相馬市）佐藤隆貴

親元へ帰る別れの花火かな　（越谷市）新井髙四郎

昼寝覚め隣に猫がゐるばかり　（大野城市）中村一雄

評　一席。夏休みは「大きな人」になる時間。小さな「大人」になるなかれ。二席。聡明にして優雅。愚かな人間よりも。三席。今年育ててみて「わがまま」に納得。まだ花もつけない。十句目。猫がいるおかしさ、かつ淋しさ。

【大串章選】　七月十七日

かはらざる古木のそばに七変化（さいたま市）齋藤紀子

若き日に引きし傍線桜桃忌（豊中市）鈴木和子

節電や団扇《うちわ》の出番多くなり（東京都）上田尾義博

汝《な》が愛に忘れし闇や明易き（船橋市）斉木直哉

退院の近き泰山木咲けり（千葉市）佐藤豊子

無人駅続く山峡閑古鳥（いわき市）小野康平

田植機を洗へば農事ひと区切り（福岡県鞍手町）松野賢珠

湯の町の裏は清流河鹿鳴く（米子市）中村襄介

夏の夜や青きドレスのピアニスト（札幌市）伊藤　哲

歩かねば今歩かねば梅雨晴間（飯塚市）古野道子

評　第一句。「かはらざる古木」と変り続ける「七変化」の取合《とりあわ》せが見どころ。第二句。「桜桃忌」は太宰治の忌日。傍線が引いてあるのは『人間失格』か。第三句。政府は先日「電力需給逼迫《ひっぱく》注意報」を発令し「節電」を呼びかけた。

【小林貴子選】　七月二十四日

玉虫のかしやと音して飛び立てり　（我孫子市）藤崎幸恵

切符渡す開襟シャツの駅長に　（横浜市）坂　守

電工は天職夫の更衣　（安来市）山本訓枝

斑点は年の功とかバナナ食《は》む　（姫路市）上岡京子

物言はぬ月桃の花沖縄忌　（石川県能登町）瀧上裕幸

金亀虫《こがねむし》超合金の輝きに　（伊万里市）萩原豊彦

脱げばすぐ旅は思ひ出夏帽子　（西宮市）黒田國義

アナログのわれに親しき時計草　（相馬市）根岸浩一

太声の繭買人の記憶ふと　（東村山市）髙橋喜和

風葬も鳥葬もいや墓洗ふ　（対馬市）神宮斉之

評　一句目、甲虫類は乾いているイメージがある。飛び立つ音が「カシャ」とは的確で、納得。二句目は「開襟シャツ」が夏の季語で、切符を渡していた時代にふさわしい。三句目、天職を日々こなしている主人公にエールを送りたい。

【長谷川櫂選】　七月二十四日

獅子舞の如く猛暑が来たりけり　（東京都）青木千禾子

今日すこしご機嫌らしき牛蛙《うしがえる》　（福津市）吉田ひろし

八月のまた真つ白な一日かな　（北本市）萩原行博

蛇として生まれし蛇に庭で会ふ　（直方市）岩野伸子

リラ咲きぬ我大陸に老いにけり　（オランダ）モーレンカンプふゆこ

沖縄忌あの白旗の幼な児は　（取手市）金澤　昭

あすはあすけふを煩ふ暑さかな　（愛西市）小川　弘

尺鮎《しゃくあゆ》や釣り師の項《うなじ》赤銅に　（熊本県氷川町）秋山千代子

雲海を抜けて歩荷《ぼっか》の小休止　（川越市）横山由紀子

蠅《はえ》ひとつ部屋のあちこち遊びをり　（相模原市）はやし　央

評

一席。巨大な獅子が躍る。炎のたてがみを振り立てて。二席。恋の相手に巡り合ったか。意外と美声。三席。八月は死者の月。来る日も来る日も真っ白な日々。十句目。外に出ようと必死なのかも。遊んでいるように見えて。

【大串章選】　七月二十四日

扇風機昭和の暮らし知つてをり　（さいたま市）岡村行雄

民宿の地産地消の夏料理　（東大阪市）渡辺美智子

睡蓮《すいれん》を愛《め》で白鳥に威嚇され　（オランダ）モーレンカンプふゆこ

老い愉し一年分の梅漬けて　（八代市）山下しげ人

四辻《よつつじ》の二路は並木や青嵐　（東京都）望月清彦

鉄線花好きな高さのあるらしく　（洲本市）髙田菲路

島の宿窓の手摺《てすり》に干す水着　（大阪市）今井文雄

地震《ない》つづく能登風鈴の音しきり　（輪島市）國田欽也

過疎の地に草刈の音響き合う　（下呂市）河尻伸子

見上ぐればやがて訪《と》いたき天の川　（東京都）片岡マサ

評

第一句。今はクーラーの時代だが、嘗《かつ》ては「扇風機」が多用された。第二句。「地産地消」がいかにも「民宿」らしい。第三句。私も先日、吟行先の下夕田池《しもんた》（千葉市）でこんな場面に出会《でくわ》した。身近に迫る白鳥は迫力があった。

【高山れおな選】　七月二十四日

大地より尽きぬ命の草を取る　（愛知県阿久比町）新美英紀

赤と云ひ茶と云ふ蛇の残像を　（東京都）望月清彦

猛暑日や鉄の匂ひの貨物過ぐ　（越谷市）新井高四郎

焼酎や嘘《うそ》も本当も薄められ　（東京都）竹内宗一郎

大いなる塊《かたま》りとして滝落つる　（長野市）縣　展子

片蔭《かたかげ》や翅《はね》を透かして日が蝶の　（河内長野市）西森正治

大方は毒を秘めたる梅雨《つゆ》茸《きのこ》　（泉大津市）多田羅紀子

房総半島指もてつまみ枇杷《びわ》啜《すす》る　（大和市）荒井　修

妻を呼び妻は子を呼び虹を見る　（西条市）稲井夏炉

ごきぶりは出るが平穏なる暮し　（大分県日出町）松鷹久子

評

新美さん。草とは大地が孕《はら》む無限の生命力の発現。草取りが大変なわけだ。望月さん。高浜虚子〈蛇逃げて我を見し眼《め》の草に残る〉の続きを詠んだみたいな句。新井さん。貨物列車だろう。車体も車輪も線路も鉄の匂いに灼《や》けて。

【長谷川櫂選】　七月三十一日

浅間山その三倍の雲の峰　（戸田市）蜂巣幸彦

此《この》宿の守宮《やもり》も代を襲《かさ》ねけん　（飯塚市）讃岐　陽

青春の夏終はらせるホイッスル　（北本市）萩原行博

太陽を削るが如くかき氷　（三郷市）岡崎正宏

改札に溢《あふ》るる白や更衣　（高山市）直井照男

またひとつ青田をわたる風のくる　（神奈川県松田町）山本けんえい

海の日や海女に恵みの海ありて　（いわき市）中田　昇

万緑や自給自足へ国創り　（新宮市）中西　洋

蜜豆やプラスチックの匙不味《さじまず》し　（さいたま市）輿語幸之助

八月のやうな六月終はりけり　（戸田市）蜂巣厚子

評

一席。三倍は少ない。十倍、千倍でもいい。詩は白髪三千丈の世界。二席。見なれた守宮。先方もそう思っている。三席。ある日、心に響きわたるホイッスル。ゲーム終了ではないが。十句目。早々と明けた今年の梅雨。

【大串章選】 七月三十一日

海眺め海に手を振る海開き　（東京都）三角逸郎

梅雨明けて森羅万象光りだす　（西条市）稲井夏炉

人生は岐路の連続みちをしへ　（東京都）長谷川　瞳

渓流の一音となり河鹿鳴く　（長野県豊丘村）宮下　公

妻の忌の納戸に眠る白日傘　（高松市）島田章平

颪の道遥かに見ゆる青田原　（東かがわ市）桑島正樹

登山せし余韻を胸に髪洗ふ　（島根県邑南町）服部康人

横浜は海風の吹く猛暑かな　（横浜市）込宮正一

ありし日の父の形のハンモック　（島根県邑南町）髙橋多津子

☆節電のうすくらがりの暑さかな　（名古屋市）山内基成

評

第一句。頭韻「海」が明るく健やか。「海開き」の情景が髣髴《ほうふつ》とする。第二句。「森羅万象」を中七に据え、上五「梅雨明けて」から下五「光りだす」迄《まで》一気に言い下ろしたところが力強い。第三句。季語「みちをしへ」が効いている。

【高山れおな選】　七月三十一日

少年の蹴る走り蹴る炎天下　（我孫子市）森住昌弘

夏草や見えぬ死闘のにおいあり　（小山市）木原幸江

風鈴の映る搭乗検査かな　（大阪市）今井文雄

海猫や今も岬に津波跡　（横浜市）鍋島武彦

子らよ水で遊べよ虹を作れよ　（オランダ）モーレンカンプふゆこ

座布団の全て海色夏館　（下田市）森本幸平

汝が電話永き余韻や大夕焼　（船橋市）斉木直哉

時をかけ今はおばさん雲の峰　（筑後市）近藤史紀

よく嚙《か》んで食べる米寿や祭《まつり》鱧《はも》　（神戸市）大和愉美子

五月雨や古塔支へる天《あまの》邪鬼《じゃく》　（明石市）三島正夫

評　森住さん。ただのサッカーも言い方でどきり。木原さん。個人的には、桜などより夏草に最も日本を感じる。死闘とは生命そのものの謂《いい》だ。今井さん。X線検査で映ったのは南部風鈴？　中原道夫に〈税関で越後毒消見せもする〉。

【小林貴子選】　七月三十一日

粗熱を取るかに夕立過ぎにけり　（矢板市）菊地壽一

父の日や本は絶対捨てません　（さいたま市）丸橋酉重

よしをとは蠅虎《はえとりぐも》の名なるべし　（東京都）川瀬佳穂

買い置きのサイダー飲まず逝きし妻　（横浜市）本松健治郎

夏座敷畳廊下を踏んで入る　（我孫子市）森住昌弘

黒南風《くろはえ》やカーテンなびく保健室　（静岡市）松村史基

人と目を合はせたくない金魚かな　（多摩市）金井　緑

空っぽがせいせいするな蟬《せみ》の殻　（福岡県鞍手町）松野賢珠

ナイター中継テレビとラジオちよとずれて　（広島市）谷口一好

☆節電のうすくらがりの暑さかな　（名古屋市）山内基成

評　一句目、料理の手順に「あら熱を取る」があるが、夕立がそんな感じで通り過ぎたとは、合点。二句目、何でも断捨離がよいわけではない。本を大切に。三句目、今度家の中でハエトリグモを見つけたら、よしをさんと呼ぶわ。

【大串章選】　八月七日

表情を蒸発させて炎天下　（東京都）竹内宗一郎

みつ豆や卒寿の母のひとりごと　（東京都）伊東澄子

パリで得し絵はがき暑中見舞ひかな　（岩見沢市）村岸基量

向日葵の顔でふりむく少女かな　（越谷市）新井高四郎

出水禍の町行く更地また更地　（玉野市）勝村　博

密となる片蔭見送る霊柩車《れいきゅうしゃ》　（西海市）前田一草

夏まつり露店に並ぶ昭和かな　（四日市市）砂原治明

癌《がん》とつて十八年の大昼寝　（倉吉市）尾崎槙雄

頂上は碑のみの城址《じょうし》合歓《ねむ》の花　（堺市）吉田敦子

評　第一句。炎天下の滂沱《ぼうだ》たる汗。「表情」を「蒸発させ」がおもしろい。第二句。「みつ豆」を食べながら、90歳の母上は何と仰《おっしゃ》ったのだろう。

【高山れおな選】　八月七日

あるんですところてんにも協会が　（栃木県壬生町）　あらゐひとし

嵐去りきょとんと生きた蟇《ひきがえる》　（神戸市）　豊原清明

人間の人間による原爆忌　（八王子市）　額田浩文

冷麦や元宰相の訃報《ふほう》聞く　（千葉市）　團野耕一

七夕の明くる日のことなりしかな　（和歌山県日高町）　市ノ瀬翔子

元総理撃たれし街を蟻歩く　（横浜市）　飯島幹也

梅雨霧を払ひきつたる山のかほ　（合志市）　坂田美代子

長梅雨に「おそらにみずがなくなるねぇ」　（寝屋川市）　岡崎正子

しばらくは村のうつむく大西日　（多摩市）　岩見陸二

☆セミのこえむかしのことをおしえてる　（高槻市）　神武遼伽

評

あらゐさん。もちろん、あって不思議はないのだけれど。豊原さん。微妙に歪《ゆが》んだ日本語。それが何やらヒキガエル的。額田さん。内容も調子も重い。有無を言わさぬ句。十席。飛躍の利いたこの発想はどこから？　作者は八歳。

【小林貴子選】　八月七日

水喧嘩《みずげんか》あらぬことまで捲《まく》し立て　（清瀬市）中村　格

弟へプールの深さ示す兄　（町田市）河野奉令

村芝居剣客借りて女形貸し　（松江市）三方　元

ＡＩに句作も委ねたき炎暑　（別府市）梅木兜士彌

プール出で二足歩行を取り戻す　（横浜市）山田知明

広重の舟に乗りたし夕涼み　（東京都）牧野浩子

☆セミのこえむかしのことをおしえてる　（高槻市）神武遼伽

ケバブ削《そ》ぐ刃《やいば》の妖し夜店香具師《やし》　（横浜市）新倉正二

炎天やシンバル高く敲《たた》くごと　（東京都）吉竹　純

凶事後の参院選や極暑の日　（岩見沢市）村岸基量

評

一句目、我が田に水を引こうとして喧嘩になり、無関係な件を持ち出されてヒートアップ。二句目、こんな聡明な兄がいれば弟は安心。三句目、集落同士で足りない役者を貸し借りする。四句目、私は、句作は人間にしてほしいと思う。

【長谷川櫂選】　八月七日

駆けて来る若い光の海水着　（いわき市）馬目　空

死神が来たと老母の昼寝覚　（東京都）伊東澄子

風鈴や軒を争ひ人住まふ　（市川市）高野厚夫

原爆忌道誤りし星に棲《す》む　（さいたま市）齋藤紀子

短夜や切れ切れに聞く深夜便　（茅ヶ崎市）古田哲弥

昼寝して海の鷗《かもめ》となりにけり　（三郷市）岡崎正宏

噴水のまはり孤独の人ばかり　（柏市）物江里人

感染の波また波や戻り梅雨　（東京都）土生洋子

沖縄の見渡すかぎり敗戦忌　（福島県伊達市）佐藤　茂

日本中三年振りの祭かな　（多摩市）又木淳一

評

一席。若い人ならではの水着の輝き。男女を問わず。二席。この度はお引き取りいただいた。せっかくお越しいただいたのに。三席。密集する家々。そこに住む人々への思い。十句目。懐かしい笛や太鼓。コロナの目を盗んで。

【高山れおな選】　八月十四日

銀漢のはづれの星の戦かな　（高砂市）冨田　卓

☆樹上りは世に出る一歩蟬生る　（福山市）広川良子

青蜥蜴《あおとかげ》ファッション性でリードする　（丸亀市）青木京子

天才が人を亡《ほろ》ぼす原爆忌　（北本市）萩原行博

百の貌積み上がりたる雲の峰　（高槻市）山岡　猛

海沿ひの街角かどの大夕焼　（川崎市）上山暢子

閻魔堂《えんまどう》は路地のどんつき祭笛　（名古屋市）山内基成

西日濃し腹話術師のをさな声　（横浜市）猪狩鳳保

驚いてゐる君の顔遠花火　（北名古屋市）月城龍二

☆俺の庭俺のひまわり俺なごむ　（大阪市）後藤憲之

評

冨田さん。ＳＦ的な視点で現下の戦争を捉えた。「はづれの」がうら悲しい。広川さん。樹に上るのは羽化する蟬、そして人間の子供もだ。「世に出る一歩」が前向きに可笑《おか》しい。青木さん。膚《はだ》の金属的な輝きを意外な言い方で。

【小林貴子選】　八月十四日

サングラスして速さうな人になる　（札幌市）伊藤　哲

部活後の初投票や虹立ちぬ　（津市）冨田正宏

偉さうな猫懐かしむ夏の暮　（松山市）野村タカ子

のらくろも出世をしてた敗戦忌　（厚木市）奈良　握

傘雨忌や文士が育つ世でもなし　（東京都）今津眞作

やご数多《あまた》育ち我健棚田健　（和歌山県日高町）市ノ瀬翔子

若き熱はけ口探す夏休み　（北海道当別町）古川周三

冷奴思ふやうには齢とれず　（久喜市）利根川輝紀

☆樹上りは世に出る一歩蟬生る　（福山市）広川良子

☆俺の庭俺のひまわり俺なごむ　（大阪市）後藤憲之

評

一句目、様々なサングラスの中で、これはアスリート。かっこいいランナーの誕生だ。二句目、選挙権年齢が十八歳以上に引き下げられた。高校の部活後に選挙に行くという新しい光景。三句目、家じゅうで一番偉そうにしていたにゃ。

【長谷川櫂選】 八月十四日

ただそつとしておく妻の昼寝かな　（朝倉市）深町　明

空蟬《うつせみ》に蟬より長き日々はあり　（岐阜県揖斐川町）野原　武

帰省子となり九十の母に会ふ　（新庄市）三浦大三

おほいくさ七十億の原爆忌　（福島県伊達市）佐藤　茂

夏だつて草臥《くたび》れてるさ秋を待つ　（東京都）三輪　憲

学校の孤独なチャイム夏休　（今治市）宮本豊香

先程の水で朝顔又伸びて　（東京都）青木千禾子

人生の秋を始めるケアハウス　（飯塚市）釋　蜩硯

汀子師の来給ふけはひ月見草　（米子市）中村襄介

黙禱《もくとう》のテレビ画面に黙禱す　（栃木県壬生町）あらゐひとし

評　八月は祈りの月。一席。妻は疲れているのだ。夫の思いを知るや知らずや。二席。空蟬もやがて壊れてゆく。蟬より長いといっても。三席。この帰省子かなりのお年。そこを笑っている。十句目。テレビの前の神妙な面持ち。

【大串章選】　八月十四日

敗戦忌希有《けう》な平和に生まれ生き　（武蔵野市）相坂　康

園児等の日々ひまはりと育ちゆく　（伊丹市）保理江順子

無人駅から夏の山目差しけり　（玉野市）加門美昭

有り余る時間の末の昼寝かな　（塩尻市）古厩林生

昼寝覚富士山頂と思ひしに　（多摩市）吉野佳一

吊橋へ続く山道瑠璃《るり》鳴けり　（加古川市）森木史子

せせらぎに顔洗ひゐるキャンプの子　（八代市）山下さと子

草笛とピアノのコラボ風わたる　（東村山市）髙橋喜和

金魚死す地球に穴を掘り埋める　（小樽市）伊藤玉枝

山の子の学校帰り清水飲む　（北茨城市）坂佐井光弘

評

第一句。日本国憲法「陸海空軍その他の戦力は、これを保持しない」（第二章第九条）により、今の「希有な平和」が有ることを忘れてはならない。第二句。元気に走り回る園児達が目に浮かぶ。第三句。「無人駅から」に臨場感あり。

【小林貴子選】　八月二十一日

音速を遅しと思ふ遠花火　（東京都）髙木靖之

八月や御巣鷹山に祈る人　（前橋市）荻原葉月

パンダ見て蓮《はす》の花見て帰りけり　（町田市）枝澤聖文

炭酸水飲んで河童《かっぱ》忌過ごしけり　（東金市）村井松潭

走馬燈《そうまとう》とまりてよりのひと揺らぎ　（大阪市）上西左大信

夕風や水泳指導終へてより　（町田市）大野由華

大の字に寝てみて広き油団《ゆとん》かな　（千葉市）細井章三

たましいはあけびのようにぶらぶらする　（横浜市）鶴巻千城

恐竜の真《まこと》知つてる夏の歯朶《しだ》　（さぬき市）鈴木幸江

評

一句目、理科の授業で習ったとおり、花火の音は光より遅れて届く。こんなに遅れるとは。二句目、日航ジャンボ機墜落事故から三十七年、忘れることは出来ない。三句目、上野動物園に隣接する不忍池の蓮の花もお見逃しなく。

【長谷川櫂選】　八月二十一日

原爆忌イマジンせよと歌ひけり　（東京都）片岡マサ

原爆忌この世に戦火ある限り　（横浜市）飯島幹也

点鬼簿に顔ありありと瓜《うり》を食む　（新潟市）齋藤達也

炎天や戒厳令下のごとき町　（羽咋市）北野みや子

行きちがふ男子日傘と女子日傘　（前橋市）矢端督人

朱夏といふまばゆきことば阿修羅仏《あしゅらぶつ》　（本巣市）清水宏晏

夏の果《はて》一樹の陰にわれ宿る　（福岡県鞍手町）松野賢珠

歯の治療終へてすつきり冷奴　（野洲市）深田清志

ランボーと麦の香に酔ひ放浪す　（川口市）青柳　悠

惨敗を忘れたやうな終戦日　（横浜市）花井喜六

評

一席。時が経つほど、想像力が大事。ジョン・レノンの名曲。二席。今年は切実に響く。哀しいことだが。三席。死者にも一人一人名前と顔がある。この瓜、恐ろしい。十句目。終戦といいえば敗れなかったかのよう。そこを衝《つ》く。

【大串章選】　八月二十一日

原爆忌今年も蟬の鎮魂歌　（流山市）渡部和秋
被爆樹や枝張り夏の木となりて　（大村市）小谷一夫
風鈴の数多鳴る駅わが故郷　（川口市）青柳　悠
間違へて降りたる駅の夏つばめ　（茨木市）瀬川幸子
彼の世から眺めてみたし遠花火　（藤沢市）安井　海
片蔭をたどる愉しみ蔵の町　（筑西市）加田　怜
向日葵の迷路に非常出口あり　（いわき市）岡田木花
林火忌の窓に大きな夕日落つ　（川越市）大野宥之介
蟬時雨少年となり立ち尽くす　（名古屋市）池内真澄
廃校の庭に賑はふ盆祭　（名古屋市）平田　秀

評　第一句。今日は原爆忌、蟬の声が「鎮魂歌」に聞こえる。感情移入の句。第二句。原子爆弾の熱線や爆風に耐え、今も生き続ける「被爆樹」が長崎県には32本在る。第三句。駅舎に鳴り響く数多の風鈴。「わが故郷！」である。

【高山れおな選】　八月二十一日

万物に命ありけり夏休み　（山形市）遠藤正夫

夏マスクしやがみこませる肥満猫　（金沢市）前　九疑

海の日やファスナー開くやうに水脈《みお》　（岡山市）三好泥子

炎天下ふとありありとものの見ゆ　（藤沢市）朝広三猫子

くちなはを川へ流しに行くといふ　（日立市）川越文鳥

走り去る蜥蜴《とかげ》に影のなかりけり　（東京都）青木千禾子

もがいてるみみずをそっとおく日かげ　（成田市）かとうゆみ

蝦夷鹿《えぞしか》の食べ尽くしたる野萱草《のかんぞう》　（札幌市）藤林正則

食うてなほ鰻《うなぎ》の話終はらざる　（朝倉市）深町　明

ごめに寝てごめに起こさる根室泊　（岩国市）冨田裕明

評　遠藤さん。夏休み、自然を満喫して下さい。安井浩司に〈万物は去りゆけどまた青物屋〉。前さん。肥満猫とは感心しないものの可愛いものは可愛い。三好さん。「開く／やうに水脈」の句跨《くまたが》りが鮮明なイメージに質感を与える。

【長谷川櫂選】八月二十八日

風死せる一分間を黙禱す（栃木県壬生町）あらゐひとし

炎天の時給九百二十円（静岡市）松村史基

胴体の無き死骸あり油蟬（長野県立科町）村田　実

テスト後の雲一つない夏の空（武蔵野市）宮地莉央

炎帝に灼かるる街の静けさよ（岐阜市）木野村暢彦

死神を待たせて老婆桃を吸ふ（川崎市）初見優子

亡き妻よ土用鰻も一人かな（大崎市）安部義司

地獄絵を開く習ひや原爆忌（東京都）片岡マサ

すててこや説得力のない男（大阪市）大塚俊雄

夏草を食みて忍びし彼の日かな（東京都）松木長勝

評　一席。炎天下、風が止まった状態が「風死す」。原爆忌の句である。二席。お金は汗の代償。賄賂などもってのほか。三席。胴のもげた蟬。どんな目に遭ったのか。四句目。中学三年生。十句目。日本にもそんな日々があった。

【大串章選】 八月二十八日

沖縄忌名は碑《いしぶみ》に残れども （高槻市）池田利美

山の子が海に散らばる夏休み （塩尻市）古厩林生

空蟬にいのちの気配のこりをり （松戸市）山岸明子

敗戦忌寝顔の横にぬいぐるみ （飯塚市）古野道子

敗戦日五歳二歳や墓碑洗う （狛江市）西原純子

馬をらぬ馬小屋ありき終戦日 （金沢市）前 九疑

登山道散策道と岐《わか》れけり （今治市）横田青天子

老犬に引かれて散歩秋思かな （川崎市）小関 新

終電の終着駅の夜涼かな （高槻市）日下總一

ガリ版の創刊号を曝《さら》しけり （名古屋市）山内基成

評 第一句。「沖縄忌」は6月23日、「名は……残れども」が切ない。沖縄戦の激戦地・糸満市の平和の礎《いしじ》には犠牲者約24万2千人が記名されている。第二句。「山の子」と「海」の取合せが佳《よ》い。第三句。「いのちの気配」が胸にひびく。

【高山れおな選】 八月二十八日

猟奇的顔もち樹液吸ふか蟬　（東京都）渡辺礼司

夕焼はやがて朝日か戦場に　（東大和市）板坂壽一

目前の大寺を消す白雨かな　（東京都）望月清彦

ひとすぢの血を流しゐる鯵《あじ》を焼く　（広島市）谷口一好

萍《うきくさ》と言はれ漂ふこと覚ゆ　（川越市）大野宥之介

手花火の妻は霊長目ヒト科　（境港市）大谷和三

向日葵の顔一斉に列車向き　（今治市）松浦加寿子

手帳見る人に日傘の影贈る　（横須賀市）丹羽利一

濁り目の老犬が見る大夕焼　（東京都）木下荘従

猿の声あわてて閉むる網戸かな　（下関市）内田恒生

評

渡辺さん。鮮烈なクローズアップだが、蟬にすれば猟奇的云々は言いがかり。バルタン星人の図像と映画「猟奇的な彼女」のタイトルのミックスか。板坂さん。終わりの見えない戦争が続く。望月さん。「消す」の誇張が力強い。

【小林貴子選】　八月二十八日

夏空へ音も絵になるホームラン　（国分寺市）石川春子

拓本のごと剝《は》がし立つ汗の床　（三鷹市）二瀬佐恵子

拓郎の「落陽」惜別の夕焼　（横浜市）芳野正子

夜濯《よすす》ぎを手すりに吊るし隠岐の旅　（東京都）三角逸郎

ギター弾きに飛び来る汗やフラメンコ　（袖ケ浦市）浜野まさる

日本の卒塔婆《そとば》八月十五日　（三郷市）上吹越　勇

従軍の時計を今も生身魂　（大阪市）今井文雄

夏痩せと言ひて病のこと言はず　（近江八幡市）村野文一

青春に時計を戻す夏休み　（和歌山市）佐武次郎

夕焼けが僕の努力を映し出す　（武蔵野市）楠後楽人

評

一句目、ホームランの胸のすくような打球音が耳に届く。二句目、汗をかいた体を床から起こす、比喩が独特。三句目、吉田拓郎の楽曲は深く心に刻まれている。十句目をはじめ中学三年の皆さん、続けて俳句を作ってください。

【大串章選】 九月四日

風天忌女はもっと辛《つら》いかも　（鹿嶋市）津田正義

遺品なく赤紙残る敗戦日　（岡崎市）澤　博史

敗戦忌とは何と問ふ子の真顔　（取手市）金澤　昭

敗戦忌あの竹槍《たけやり》の教練は　（八王子市）樋口雄二

原爆忌マスク外して空気吸ひ　（千葉市）宮城　治

語り部の間合ひは深く原爆忌　（西東京市）岡崎　実

戦争を銭湯で聞く敗戦日　（市川市）をがはまなぶ

繰返す昔話や原爆忌　（柏市）藤嶋　務

もの言はぬ人体模型夏休み　（尾張旭市）古賀勇理央

天高し雲の百態楽しまん　（境港市）大谷和三

評　第一句。渥美清主演の映画「男はつらいよ」を踏まえる。「風天忌」は渥美清の命日。第二句。「赤紙」は軍の召集令状。若くして出征されたのだ。第三句。「敗戦忌」は第二次世界大戦が終了した日。再び戦争をしてはならない。

【高山れおな選】　九月四日

歯の生え揃《そろ》ひ夏料理食べ尽くす　（東京都）竹内宗一郎

渾身《こんしん》の力の跡や蟬の殻　（東京都）加藤世志子

白髪に至る黙禱さるすべり　（東京都）柳川美惠子

ていねいに歯磨きをする秋思かな　（川崎市）小関　新

海の紺砂新しき昆布干す　（小城市）福地子道

サングラス掛けて女房らしき人　（塩尻市）古廐林生

礼服の暑し神主涼しさう　（三豊市）磯﨑啓三

新涼やしつとりしたる卵焼　（朝倉市）深町　明

自分とは何か分らず老いの秋　（横浜市）橋本直樹

けさ秋や白猫くぐる朱の鳥居　（彦根市）阿知波裕子

評　竹内さん。孫俳句だが、孫を奇妙な生命体のように描いた点に妙味が。加藤さん。這《は》い出し、這い上がり、殻を破り。柳川さん。終戦から経った「白髪に至る」程の時間。祈る人の髪の色がみるみる変わるようなイメージも喚起。

【小林貴子選】　九月四日

道元の言語宇宙や雲の峰　（和歌山市）見奈美輝彦

歳時記を捲《めく》る力の戻る夏　（鹿児島市）前田粧谷

近づいて人嚙むイルカ土用波　（横浜市）飯島幹也

張り合つてみてもとんとんところてん　（熊本市）寺崎久美子

蝙蝠《こうもり》は折線に飛びぶつからず　（東京都府中市）志村耕一

片蔭を心ならずも譲りけり　（徳島県石井町）一宮一郎

在米のヒバクシャ我に原爆忌　（アメリカ）大竹幾久子

献水てふ言葉沁《し》み入る長崎忌　（名古屋市）神津早苗

リハビリにピリオドが来る夏が来る　（西尾市）村松小智子

朝顔へ朝の挨拶暮れの礼　（東京都）岸田季生

評　一句目、道元の『正法眼蔵』は、言語で構築された宇宙といえよう。二句目、再び俳句を作る気力の戻った夏。心身の回復力に乾杯したい。三句目、海水浴で「イルカ、かわいい」だけではすまない。動物の意外な一面を知る。

【長谷川櫂選】　九月四日

巨大なるフラスコなりき広島忌　（横浜市）我妻幸男

炎天を来て炎天の凄《すご》さ言ふ　（神戸市）小柴智子

ひぐらしのいつせいにかなしみの鈴　（富士宮市）高橋政光

活きどぜう売り切れてをり放生会　（熊谷市）松葉哲也

炎天下水泳部はだ乱反射　（さいたま市）與語幸之助

炎天のペンギン並ぶ模擬氷山　（名古屋市）加藤國基

どことなく礼儀正しき水羊羹《みずようかん》　（本庄市）篠原伸允

のぼりつめすこし休んで咲く花火　（酒田市）伊藤志郎

花氷見られ見られて細りけり　（伊丹市）保理江順子

夏宿の卓に茶菓子と汀子句集　（吹田市）小川野雪兎

評　一席。原爆は実験でもあった。新潟、京都も候補地だった。二席。毎日どこでも繰り返されていること。汗を拭きながら。三席。鈴だったのか。あのもの哀しい音色は。十句目。淡路島の旅で出会った『稲畑汀子俳句集成』。

【高山れおな選】　九月十一日

夜の窓こつんと訪ひし蟬の黙《もだ》　（岩国市）冨田裕明

樹は木へと錆《さ》びて行くかな法師蟬　（神戸市）豊原清明

貝殻に貝より長き月日あり　（横浜市）志摩光風

からすうり手繰ればあの日ついた嘘　（日立市）加藤　宙

秋夕焼乗馬クラブの馬は老ゆ　（京田辺市）加藤草児

国葬の列には非《あら》ず蟻の列　（諫早市）麻生勝行

露草の透く瑠璃色や草葉の間　（船橋市）斉木直哉

送火の一気に燃えて終ひけり　（今治市）横田青天子

ふるさとや西瓜《すいか》真っ赤に躍り出る　（武蔵野市）西川元茂

甘藍《かんらん》の育てし巨大なめくぢり　（前橋市）荻原葉月

評

冨田さん。この蟬、そのまま死んでゆくのだろう。「訪ひし」に情味がある。豊原さん。秋の深まりを、理屈では説明できない捉え方で表現。志摩さん。なるほどその通り。無季。安井浩司に、〈渚で鳴る巻貝有機質は死して〉。

【小林貴子選】　九月十一日

勝負見えなほ滑り込む残暑かな　（町田市）藤巻幸雄

人生を楽しむタイプ夏休み　（東京都）藤森荘吉

照れ性の吾は苦手や盆踊《ぼんおどり》　（野洲市）深田清志

琴は立てギターも立てて月を待つ　（鳥取県大山町）表　いさお

門扉より玄関までの葡萄棚《ぶどうだな》　（多摩市）岩見陸二

刈草やぐつと押し出す一輪車　（熊本市）坂口ちか子

秋蝶の誘ひに少し駈《か》けてみる　（相模原市）石田わたる

深すぎる花野を胸で掻《か》き分ける　（小樽市）伊藤玉枝

朝刊でちよつとちよつかい女郎蜘蛛　（東京都）本田英夫

結婚を決める二人の墓参　（福井市）佐々木博之

評　一句目、はた目には明らかにアウトでも、走者は諦めず滑り込む。二句目、こういうタイプになりたい。三句目、私も同じで盆踊を苦手としていたが、今は得意。季語を愛すると人生が変わる。四句目の琴とギター、聴いてみたい。

【長谷川櫂選】　九月十一日

敗戦日六才からの民主主義　（新潟市）嘉代祐一

俳諧に凹《くぼ》む硯《すずり》を洗ひけり　（伊万里市）田中南嶽

よれよれの生涯でよしをがら買ふ　（筑西市）加田　怜

夢の鮎わが幼年の淵に棲む　（高崎市）本田日出登

笠の緒をしづかに解くや踊りをへ　（京都府精華町）土佐弘二

灯籠《とうろう》の廻《まわ》り終へたる闇深し　（八代市）山下しげ人

敗戦忌我一歳の引揚者　（豊中市）吉沢稠子

立ち止まるための八月十五日　（明石市）榧野　実

列島の行く末怖し土用波　（高松市）島田章平

こんな年になるとは知らず冷し酒　（石川県能登町）瀧上裕幸

評

一席。なんと初々しい民主主義。ともに歩んできた月日。二席。愛用の硯。俳句と歩む人生。三席。「生涯がよし」だろう。「で」になお迷いあり。十句目。コロナ、ウクライナ、猛暑、暗殺、五輪汚職まで。やれやれなのだ。

【大串章選】　九月十一日

風の盆路地のほどよき暗さかな　（奈良市）田村英一

浮雲や稲田の隅に墓一基　（志木市）谷村康志

この風の先は灯台月見草　（仙台市）三井英二

緑陰は古本市の指定席　（京都市）名村悦武

伝へ聞く父の満州終戦日　（伊賀市）福沢義男

床の間に木魚と西瓜並びをり　（野洲市）深田清志

生身魂上戸も下戸もよく笑ふ　（三郷市）岡崎正宏

曽孫《ひまご》抱く慣れし手付の生身魂　（泉大津市）多田羅紀子

廃屋跡ひときわ目立つ百日紅《さるすべり》　（加古川市）北林　泰

評

第一句。風の盆は富山市八尾町の年中行事。編笠《あみがさ》姿の男女が夜通し踊り歩く。第二句。嘗て稲作に励んだ農夫が、今は墓となり稲田を見守っている。第三句。日暮れに開花した月見草が風に靡《なび》き、その先に灯台が輝いている。

【小林貴子選】　九月十八日

☆また訪はむスコットランド薊《あざみ》の野　（東京都）松木長勝

ざわざわと木木するすると小蛇かな　（熊谷市）内野　修

台風の行く手行く手にアナウンサー　（八王子市）額田浩文

パチンコ屋などに寄るなよ門火たく　（川西市）上村敏夫

生来のおまけ好きなりむかご飯　（札幌市）樋山ミチ子

流されて行くよ野分の戯《ざ》れ烏《がらす》　（所沢市）堀　正幸

露の世のかくも短き詩を創り　（長岡市）内藤　孝

オンザロックからりと崩れ夏惜しむ　（佐倉市）松平武史

重陽をえらびて夫は旅立てり　（横浜市）左右田愛子

十三の夏の昭和に孤となりし　（東京都）酒光幸子

評　一句目、スコットランドにアザミはよく似合う、私もとても行ってみたい。二句目、蛇は木に登っていくのか。鳥の卵などあるのか。三句目、「安全な場所からお伝えします」。四句目、久々に現世に戻ったから、家に戻る前にちょっと寄り道。

【長谷川櫂選】　九月十八日

独り身に押し寄せくるや土用波（龍ケ崎市）反町まさこ

かき氷地球の青と月の黄と（東京都）竹内宗一郎

帰省子や自分の老いを兄に見て（八幡市）小笠原　信

オルゴール秋の棺《ひつぎ》の中で鳴る（町田市）村越一紀

大文字至近距離とはいへはるか（泉大津市）多田羅初美

あてなくも大秋晴の一万歩（大阪市）上西左大信

☆また訪はむスコットランド薊の野（東京都）松木長勝

鬼やんま我のあとさき来ては消ゆ（横浜市）萩原　卓

久々の息子の気配盆休み（菊池市）神谷紀美子

ゆるやかに山河九月に入りにけり（小樽市）伊藤玉枝

評

一席。土用波のような人生の困難。晩夏の海辺にて。二席。宇宙的かき氷！ブルーハワイとレモンだけれど。三席。一歩先をゆく自分のようなのだ。家族に降り積もる歳月。十句目。九月という月の徳。猛暑の峠を越えて。

【大串章選】　九月十八日

露の世を嬉《うれ》し哀しと生きて来し　（武蔵野市）相坂　康

☆国葬てふ迷宮のあり霧深し　（さいたま市）齋藤紀子

妻子なき戦死の叔父の墓洗ふ　（前橋市）荻原葉月

戦なしの喜寿ありがたや敗戦忌　（東京都大島町）大村森美

敬老日譲られし席譲りけり　（千葉市）團野耕一

帰省して遺品の山に遭遇す　（八幡市）小笠原　信

ふるさとの漁港にあふる蟬時雨　（いわき市）馬目　空

秋の夜や老いゆくことも句材とし　（佐賀県基山町）古庄たみ子

百歳の媼《おうな》の詩吟秋祭り　（水戸市）伊師繁次

遠き日のふる里今も稲の花　（愛知県阿久比町）新美英紀

評

第一句。〈露の世は露の世ながらさりながら　一茶〉を思う。嬉しいことも哀しいこともある。第二句。安倍元首相の国葬は迷宮入り、アンケートによると反対派が多い。第三句。結婚もせず戦死した叔父を偲び墓を洗う。

【高山れおな選】　九月十八日

蟷螂の生きゐるごとく死にゐたり　（福津市）下村靖彦

よれよれの心整ひ初む九月　（仙台市）柿坂伸子

鯖雲《さばぐも》に異界への穴空きにけり　（千葉市）團野耕一

水底の魚みな目覚む大白雨　（稲城市）日原正彦

夏の果あんパン食べてそう思う　（東京都）日出嶋昭男

☆国葬てふ迷宮のあり霧深し　（さいたま市）齋藤紀子

ごろりんと歪《いびつ》な梨の香ること　（川崎市）上山暢子

長生きは芸のひとつや生身魂　（京都市）室　達朗

コンバイン案山子《かかし》を乗せて帰りけり　（東かがわ市）桑島正樹

ペンギンに浴衣きせてる町祭　（東京都）鈴木淑枝

評　下村さん。弁慶の立ち往生さながら。死んでいる事によく気づいたものだ。柿坂さん。今年の実感。團野さん。穴から見えるのはすなわち秋の青天。「そらのふかさをのぞいてはいけない。」という金子光晴の詩句を思い出した。

【長谷川櫂選】　九月二十五日

国葬のモリカケサクラ秋桜　（福岡市）前原善之

甘さまでもうひと風の長十郎　（我孫子市）森住昌弘

蜩《ひぐらし》へ耳は一つになつてゆく　（静岡市）松村史基

前立腺また太り行く食の秋　（福岡市）釋　蜩硯

生還の夫がとなりにけふの月　（長野市）縣　展子

白桃のしたたる果肉吸ひつくす　（倉吉市）尾崎槇雄

土用波太陽族も老いぼれて　（東京都）石川　昇

大谷はみんなの孫よ敬老日　（川崎市）多田　敬

☆炎天を歩く老人吾もまた　（東京都）山本玉枝

他人事ではなくなりぬ生身魂　（今治市）宮本豊香

評　一席。疑惑満載の人物の国葬。コスモスがそよぐ。二席。梨は風に吹かれて甘くなるのだろう。甘すぎてもいけないが。三席。耳は二つ。しかし大きな一つの耳で聞いている。十句目。かといって慌てるほどのことではない。

【大串章選】　九月二十五日

新涼や無の林中に鬱《うつ》忘る　（船橋市）斉木直哉

水脈《みお》もまた秋めくものに加はりし　（島根県邑南町）服部康人

色鉛筆二十四色との夜長　（伊丹市）保理江順子

わが夢と赤子抱き上ぐ敬老日　（境港市）大谷和三

蓑虫《みのむし》の蟄居《ちっきょ》が鑑《かがみ》ウィルス禍　（福津市）下村靖彦

本棚に死者の全集冷《すさ》まじき　（大村市）小谷一夫

☆炎天を歩く老人吾もまた　（東京都）山本玉枝

五十年今も働く扇風機　（今治市）宮本豊香

秋深みゆく海鳴りの高鳴りに　（輪島市）國田欽也

ホルンの音響く湖畔や涼新た　（加古川市）森木史子

評

第一句。初秋の涼気を纏《まと》い、無我の境地に浸る。至福の一時である。第二句。空が澄み渡り山々が秋めく中、航跡が爽やかに照り映える。第三句。秋の夜長、色鉛筆で絵を描いている。水彩画とはまた違った趣があり楽しい。

【高山れおな選】　九月二十五日

アフリカより転がつて来た西瓜かな　（宇部市）伊藤文策

空蟬は空つぽ考へる人も　（八王子市）額田浩文

白露なる露国にツァーリ在《いま》そがり　（多摩市）又木淳一

憲法のテールランプは霧の中　（あきる野市）松宮明香

秋の灯や谷の底から点《とも》りゆく　（長崎市）佐々木光博

言葉では辿《たど》り着けない秋思ふ　（横浜市）三玉一郎

入相の鐘も小道具村芝居　（岐阜県揖斐川町）野原　武

がちがちの都会の草を抜いている　（東京都）各務雅憲

身に入《し》むや静かの海に雲かかり　（八王子市）中尾公一

百合《ゆり》化して蝶となりたる草千里　（横浜市）中川浩子

評

伊藤さん。豪快な転がりぶり。西瓜もそうだが、人間だってアフリカ原産である。額田さん。蟬の殻とロダンの彫刻は、背を丸め、渾身の力を感じさせる形姿が類似。両者を空洞性で繫《つな》いだ。又木さん。いつまで在そがるのやら。

【小林貴子選】　九月二十五日

観劇の余韻に歩く夜の秋　（岩国市）冨田裕明

ドロシーの夢を見てゐる捨案山子《すてかかし》　（石川県能登町）瀧上裕幸

これよりは酷のある闇虫しぐれ　（みよし市）稲垣　長

膳は無く点滴つづく残暑かな　（柏市）河西和章

夏の果あとは一生《ひとよ》の総決算　（オランダ）モーレンカンプふゆこ

捨て仔犬すっかり家族夏の庭　（取手市）うらのなつめ

死んだふり愛嬌者《あいきょうもの》の金亀子《こがねむし》　（豊橋市）小椋かつ子

夜更けまで下駄屋の灯す踊りかな　（郡上市）曽我真理子

その上へその上へ垂れ萩の花　（長野市）縣　展子

南瓜《かぼちゃ》にはラテンのリズム似合いそう　（松阪市）岩中志保美

評

一句目、今見た舞台に、まだ酔っている。感動を反芻《はんすう》して愛《いと》おしみつつ、静かに歩く。二句目、『オズの魔法使い』でドロシーと活躍した案山子が当時を懐かしんでいる。三句目、味にコクがあるのコクを漢字で書くと「酷」なのです。

【大串章選】　十月二日

神話にも量子論にも銀河かな　（東村山市）内海　亨

兜太と汀子くらべて偲ぶ月の夜　（松本市）小林幸平

月光の真打《しんうち》のごと輝けり　（玉野市）北村和枝

新蕎麦《しんそば》や卆寿《そつじゅ》の母と啜《すす》りけり　（弘前市）白戸星子

落蟬《おちぜみ》の吾が手厭《いと》ひてまた落ちぬ　（宮崎県川南町）久米まさはる

満月や縄文土器を掘りし丘　（郡山市）寺田秀雄

優雅にのび青大将の道ふさぐ　（いわき市）大津日出子

猪口《ちょこ》一杯新酒味わう卆寿かな　（岡崎市）米津勇美

迂回《うかい》して家路を急ぐ秋出水　（島根県邑南町）椿　博行

遠花火見上げ人生振り返る　（千葉市）佐藤豊子

評　第一句。神話、量子論という対照的な論述の双方に「銀河」が出て来る。銀河への興味は尽きない。第二句。「兜太と汀子」は正《まさ》に対照的。私は御両人のバトルを楽しく拝聴した。第三句。比喩「真打のごと」がユニーク。

【高山れおな選】　十月二日

秋晴や天から崩しゆく足場　（紀の川市）満田三椒

大食いの我が子に期待獺祭忌《だっさいき》　（境港市）大谷和三

のらくらと大物ぶつて颱風《たいふう》来　（吹田市）野村愛子

阿波踊ストップモーションてふ技も　（玉野市）勝村　博

老いの鍬《くわ》牛蒡《ごぼう》の周り撫《な》でまわし　（河内長野市）西森正治

ホームランも飛蝗《ばった》も描く放物線　（大村市）小谷一夫

肌脱ぎて悪女にもある産毛かな　（さいたま市）與語幸之助

芋煮会さながら国葬反対集会　（栃木県壬生町）あらゐひとし

国中の河童《かっぱ》に告げて秋の風　（泉南市）藤岡初尾

月光に遺跡のごとき人の街　（神戸市）小柴智子

評

満田さん。足場の解体の客観描写だが、「天から崩しゆく」は寓意《ぐうい》性も感じさせよう。大谷さん。結局、最大の資産は体力。岸本尚毅に〈健啖《けんたん》のせつなき子規の忌なりけり〉。野村さん。「大物ぶつて」の言ってやった感が愉快。

【小林貴子選】 十月二日

押し合いに凹《へこ》む粒あり葡萄園《ぶどうえん》 （行方市）前野平八郎

象の足そうっと西瓜《すいか》割りにけり （町田市）枝澤聖文

だしぬけに向き変えそうな鰯雲《いわしぐも》 （取手市）御厨安幸

秋出水学童疎開した地名 （横浜市）金子 嵩

天高し大手を振って無宗教 （太田市）吉部修一

親を看《み》とる落葉の音のほかは絶ち （串間市）河野浩泰

無花果《いちじく》好きの健全なニヒリスト （鹿児島市）篠原和義

大豆干すギリシャ悲劇のやうな人 （日高市）金澤高栄

大阪が嫌ひで好きで西鶴忌 （大阪市）眞砂卓三

一点を見詰めて沈思秋の百合《ゆり》 （横浜市）猪狩鳳保

評　一句目、ブドウの粒はみな丸いかと思いきや、隣の粒につぶされているものもある。何だかホロリとする。二句目、象は力持ちゆえに、力の入れ方をわきまえている。三句目、回遊中の鰯のように向きを変えたらと想像すると楽しい。

【長谷川櫂選】　十月二日

戦争は下衆《げす》のやる事小鳥来る　（立川市）松尾軍治

へうたんに煙となりて入りたく　（筑西市）加田　怜

風は秋今日の死が消すきのふの死　（飯塚市）古野道子

みちのくは一国大旗来たる夏　（仙台市）柿坂伸子

国葬のいひわけ止まずむしのこゑ　（福島県伊達市）佐藤　茂

鶏の一羽戻らず秋の暮　（東大阪市）渡辺美智子

見えゐるは露の虚像と思ひけり　（八王子市）額田浩文

母恋しくて分け入る花芒《はなすすき》　（山陽小野田市）磯谷祐三

真つたうな政治家欲しき九月尽　（日南市）宮田隆雄

ついてこい伯父のひと声平泳ぎ　（鹿児島市）前田粧谷

評

一席。自分の考えをごり押しするとき、人は下衆（下劣）になる。この国にも。二席。何とも不思議な願い。ただ叶《かな》わない願い。三席。「身辺あわただしく人が消えてゆく」とある。八十九歳。十句目。少年の日の思い出か。

【高山れおな選】　十月九日

稲雀《いなすずめ》なだるるごとく沈みたり　（東京都）望月清彦

虫籠の外に触角出して鳴く　（東京都）竹内宗一郎

踊りの輪踊りておれば輪が密に
（オランダ）モーレンカンプふゆこ

秋澄むや草も木も根を張りつづけ　（東大阪市）斎藤詳次

のどかなりアル・カポネとふ新煙草《しんたばこ》　（富士市）村松敦視

どぶろくで天国地獄回遊す　（新座市）丸山巌子

小兵なれど額《ぬか》晴れやかに勝相撲　（藤沢市）大竹美智子

好きなだけ歩きなさいと大花野　（岡崎市）澤　博史

デパ地下に惣菜《そうざい》を買ふ子規忌かな　（東京都）長谷川　瞳

秋灯や佳境に了《おわ》る未完本　（所沢市）荻野オサム

評　望月さん。稲雀の動きをダイナミックに捉えた。竹内さん。即物性のうちにとぼけた味も。モーレンカンプさん。メンバーの呼吸が合ってきた。踊りも佳境だ。十席。『金色夜叉』、『明暗』、『縮図』……。思い浮かぶ未完の名作さまざま。

【小林貴子選】　十月九日

ぱちぱちと闇を焦がせり虫送り　（伊豆の国市）遠野ちよこ

独り言いいえ会話を秋風と　（香川県綾川町）川本一葉

ドビュッシー派ベートーベン派月仰ぐ　（茨木市）瀬川幸子

ぎくしゃくと規則正しい芋水車　（横浜市）我妻幸男

秋遍路背凭《せもた》れ硬き列車かな　（千葉市）宮城　治

行き当りばったりが好きいわし雲　（沼津市）石川義倫

秋めくや証明写真変な顔　（日田市）石井かおり

秋の暮切手と切手つなぐ穴　（新潟市）阿部鯉昇

盆道を太平洋の風通る　（熊本市）加藤いろは

今ならばもつと出来たと思ふ秋　（富士市）蒲　康裕

評　一句目、農作物への虫による被害を防ぐための行事が趣深く詠《うた》われた。二句目、秋風と会話が出来るか私も試してみたい。三句目、前者の「月の光」と後者の「月光」、いずれ劣らぬ名曲。四句目、芋水車の特色を巧《うま》く捉えた。

【長谷川櫂選】　十月九日

妻とゐて白桃の夜の静かなり　（三郷市）岡崎正宏

アフガンの人身売買聞く夜寒　（石川県能登町）瀧上裕幸

親指のやさしく捌《さば》く鰯かな　（八代市）山下しげ人

国葬やアイルランドの露葎《つゆむぐら》　（静岡市）松村史基

笑栗《えみぐり》や結婚五十一年目　（川越市）大野宥之介

秋の風赤提灯《あかちょうちん》へ三老友　（新宮市）中西　洋

一風呂あぶ籾殻《もみがら》のくすぶる夕べ　（島根県邑南町）椿　博行

叢《くさむら》の熱がさめゆく秋の蝶　（長崎県小値賀町）中上庄一郎

この夏や何とか越せた老い二人　（三郷市）村山邦保

憤る何彼《なにか》につけて生身魂　（川崎市）神村謙二

評

一席。何と豊かな夫婦の時間だろう。お互いに感謝。二席。人間を金で売り買いする。今もつづく闇の奴隷制度。三席。とれとれのイワシ。残酷さを秘めたやさしい親指。十句目。まだまだ元気な証拠と思えばいいか。

【大串章選】　十月九日

鳴く虫に喜怒哀楽のありぬべし　（境港市）大谷和三

身に入《し》むやまだ温かき孫の骨　（川越市）吉川清子

背を伸ばし日傘をさして傘寿なり　（東京都）青木千禾子

小鳥来る遠流の島の児童館　（霧島市）久野茂樹

廃駅の改札口に蔦紅葉《つたもみじ》　（名古屋市）平田　秀

一村の集ふ一日《ひとひ》や運動会　（高山市）直井照男

露の世の一事なしとげ逝かれたる　（長崎市）徳永桂子

落款の薄れたるごと残る月　（茨木市）瀬川幸子

子の出世願ひて逝きぬ露の墓　（筑西市）加田　怜

教へ子の思はぬ会釈天高し　（藤沢市）一色伽文

評　第一句。虫には虫の一生があり、嬉しいことや哀《かな》しいことがある。感情移入の句。第二句。「まだ温かき」が切ない。添書に「12歳。桐ケ谷斎場」とある。第三句。「背を伸ばし」が好《よ》い。傘寿になっても縮こまってはならない。

【小林貴子選】　十月十六日

いわし雲病気捜すのもうやめる　（横浜市）我妻幸男

王冠は柩《ひつぎ》の上や星月夜　（加古川市）森木史子

きつぱりともの言ふ祖母の鵙《もず》嫌ひ　（名古屋市）山守美紀

秋暑し猪木拳を振り上げて　（青森県おいらせ町）吉田　敦

洋梨や耳こそばゆきフランス語　（伊万里市）萩原豊彦

曼珠沙華《まんじゅしゃげ》高句麗人《びと》の渡来の地　（東京都）大塚敏子

鮎《あゆ》落ちて光る季節は終りけり　（志木市）柴田香織

秋夕焼極楽浄土孫の棲《す》む　（川越市）吉川清子

ワイドショウ見ては毒舌生身魂　（大津市）星野　暁

気狂いピエロ自殺幇助《ほうじょ》の秋の虹　（東京都）河野公世

評

一句目、病気についてこの姿勢に共感する。鰯雲を見てゆったりと。英国女王が多く詠われた中で、二句目の王冠が印象深い。三句目、祖母の気性が伝わる。四句目は訃報《ふほう》の届く前に詠われた作品。十句目は、映画監督ゴダール。

【長谷川櫂選】　十月十六日

一億の怒りの葡萄となりにけり　（八王子市）額田浩文

露の世に七十年の在位とは　（前橋市）荻原葉月

すさまじや幾人逝けば戦さ果てむ　（弘前市）川口泰英

鹿群れて走る超速大自然　（ドイツ）ハルツォーク洋子

もう垣をなさぬ友垣敬老日　（姫路市）橋本正幸

茅ヶ崎の駅から見えた秋の海　（東京都）松木長勝

仕舞前秋の風鈴手で鳴らす　（流山市）荒井久雄

☆福島を離れぬ蛇や穴に入る　（岡崎市）澤　博史

愛されし女王の柩秋の虹　（町田市）川井一郎

秋の葬００７もその中に　（新庄市）三浦大三

評

一席。エリザベス女王と雲泥の差。国葬は国民に愛される人を。二席。露のようにはかない世の中。日本語の発想か。三席。戦争は勝つことを目標とする。人命はその手段にすぎない。十句目。「女王陛下の００７」だもの。

【大串章選】　十月十六日

汚れたるオリンピックや秋燕忌《しゅうえんき》（相模原市）はやし　央

大空は大海原よ鰯雲（箕面市）中島淳子

残すもの俳句と決めぬ天高し（仙台市）柿坂伸子

名月や戦国の世も今の世も（札幌市）伊藤　哲

台風の目に列島が見えてゐる（神戸市）森木道典

ゆくりなく座して木の実に打たれけり（東京都）望月清彦

大花野しばし迷子でいるつもり（市川市）河村凌子

虫の闇補聴器つけて峡《かい》に住む（島根県邑南町）髙橋多津子

蟬の声虫の声聞く秋思かな（横浜市）込宮正一

七十は軽老の席敬老日（東京都）岡村一道

評

第一句。五輪汚職事件で揺れるKADOKAWA。「秋燕忌」（10月27日）は角川書店創業者角川源義《げんよし》の忌日。第二句。大景を描いて見事。「海原」と「鰯」が響き合う。第三句。俳句こそ此《こ》の世を生き抜いた証拠。ぜひ残したい。

【高山れおな選】　十月十六日

二年目の百姓二百二十日かな　（千葉市）宮城　治

ファミレスの薄暗がりで秋思かな　（横浜市）込宮正一

颱風や落葉は声をあげて去る　（神戸市）豊原清明

舳《へ》先揃《さきそろ》へて台風を待つ港　（八代市）山下さと子

この星に国葬二つ九月尽　（長野市）縣　展子

シャッターに移転の知らせ虫すだく　（柏市）田頭玲子

稲刈の空に鼠《ねずみ》を狙ふ鳶《とび》　（長野県箕輪町）柴　和夫

どれほどの数のコオロギこの闇に　（横浜市）佐々木ひろみち

☆福島を離れぬ蛇や穴に入る　（岡崎市）澤　博史

二三尾は樽《たる》を飛び出し新さんま　（東京都）三角逸郎

評

宮城さん。二の字の言葉遊びを利かせつつ、期待と不安の季節を迎える実感も。込宮さん。地味な句だが、現代の秋思の実相はこんなところか。豊原さん。雨はまだだが風が強くなってきた。台風接近に気が昂《たか》ぶる、人も自然も。

【長谷川櫂選】　十月二十三日

枡席《ますせき》のあちらこちらと栗おこは　（所沢市）岡部　泉

死ぬ大事忘れるほどに秋澄めり　（山梨県市川三郷町）笠井　彰

イムジン渡河五歳の秋や今元気　（新宮市）中西　洋

実を見ても花を思ひ出せない秋　（町田市）藤巻幸雄

女王の棺《ひつぎ》置かるる秋のなか　（寝屋川市）今西富幸

秋の夜を短うしたる汀子句集　（香川県琴平町）三宅久美子

われを呼ぶ野猿や葛の花匂ふ　（東京都大島町）大村森美

桃の実へ顔をうづめて食らひけり　（立川市）松尾軍治

白桃や父の言葉の傷今も　（横浜市）有馬和子

秋風鈴つまらなさうに鳴りにけり　（川崎市）小関　新

評　一席。国技館の秋らしい遠景。「と」がいきいきと描き出す。二席。すばらしい秋晴れ。折口信夫流にいえば、ほうとするほど。三席。引き揚げの記憶か。朝鮮分断を象徴する川でもある。十句目。風鈴の気持ちを聞きとった。

【大串章選】　十月二十三日

生涯に国葬二つ秋深む　（長野市）縣　展子

新米を子に送り終へ母黄泉《よみ》へ　（海南市）楠木たけし

浄土より注ぐ闘魂流れ星　（さいたま市）齋藤紀子

童女てふ墓石新し鉦叩《かねたたき》　（前橋市）武藤洋一

九十歳星の飛ぶ日の酒旨し　（新座市）丸山巌子

長き夜や覚めて読み継ぐ一書あり　（前橋市）荻原葉月

傍線に妻の青春秋ともし　（宮若市）光富　渡

親の丈追ひ越してゆく体育祭　（対馬市）神宮斉之

ふる里の木橋渡るや木の実降る　（柏市）藤嶋　務

枯蟷螂わが身を重ねつつ眺む　（防府市）西屋富美子

評　第一句。吉田茂元首相と安倍晋三元首相の国葬。改めて色々考えさせられた。第二句。死ぬ真際《まぎわ》まで子を思う親心。毎年新米を送っておられたのだろう。第三句。燃える闘魂・アントニオ猪木の声が聞こえる。「元気ですか！」

【高山れおな選】　十月二十三日

幻聴の中のひとつに秋の声　（大阪市）眞砂卓三

秋の灯に宝石の威のペルシャ猫　（伊万里市）萩原豊彦

何もかも知り尽くしたる秋の川　（綾部市）阪根瞳水

落蟬のひとたびは蟻《あり》弾きけり　（伊勢崎市）小暮駿一郎

干藷《ほしいも》のその鈍角の味が好き　（松江市）三方　元

改札を抜けそれぞれの秋の暮　（市川市）をがはまなぶ

とりあへず湯を沸かしをる夜食かな　（川崎市）折戸　洋

空き部屋に机のこされ冬隣　（各務原市）市橋正俊

露けさを深め浮橋かしぎけり　（八代市）山下しげ人

竹の春とは裏門の行き止り　（横浜市）山本幸子

評

　眞砂さん。心の耳に聞こえる秋の声、そして秋の声ならざる様々。この場合、果たして秋の声は救いなのか。萩原さん。秋灯が引き立てる「宝石の威」。阪根さん。これもまた謎の深い句だ。作者と一緒に川面に見入る気持ちに。

【小林貴子選】　十月二十三日

長き夜や私やっぱり紙が好き　（小平市）原田昭子

秋風や最後まで観る負け試合　（明石市）北前波塔

無駄骨の言葉探しや星月夜　（東京都）早川　厚

虫の宿ほかに二組ゐる気配　（北九州市）矢羽田淑子

鶏頭や仏となるも好《よ》か男　（岡山市）石破ますみ

ランドセルぱこぱこ鳴らし猫じやらし　（霧島市）久野茂樹

トランペット拭きて抱きゐる秋の夜　（高松市）河端　豊

達者でなほなさいならと曼珠沙華　（海南市）楠木たけし

九月場所北の富士さんのため息　（小田原市）山本よしえ

長き夜や山崎ハコの孤独唄　（富山市）藤島光一

評　一句目、年長の方が電子書籍を楽しんでいると聞けば尊敬するが、私もやっぱり紙派のまま。二句目、真のファンは途中で帰ったりしない。三句目、言葉を探して作ったその一句が褒められなかったとしても、実力は増したはず。

【大串章選】　十月三十日

縄文の昔の音に胡桃《くるみ》落つ　（高松市）信里由美子

白桃の時間をそつと剝《む》きにけり　（尾張旭市）古賀勇理央

運動会動画の孫に声かける　（枚方市）山本　強

妖精のタクトの統《す》べる虫時雨　（茅ヶ崎市）西岡青波

百までに少し間のあり古酒に酔ふ　（高山市）清水佳代子

山羊《やぎ》小屋の屋根に山羊ゐる秋の暮　（戸田市）蜂巣厚子

遺句集に思ひ出の句や秋彼岸　（高知市）森脇杏花

台風に故郷の父母の墓おもふ　（川口市）青柳　悠

稲光猫を飼ふ家飼はぬ家　（熊谷市）内野　修

花野径《みち》花に詳しき人と行く　（八代市）山下さと子

評

第一句。縄文人は胡桃など木の実をよく食べていた。木の実を加工する道具・磨石《すりいし》なども発掘されている。第二句。「白桃の時間を……剝き」が言い得て妙。熟成する迄《まで》どの位時間がかかるのか。第三句。「動画の孫に」が楽しい。

【高山れおな選】　十月三十日

稲刈り終へて地の息に囲まるる　（越谷市）新井高四郎

清汁《コンソメ》に金木犀《きんもくせい》を浮かべ食《は》む　（東京都）山口晴雄

川下る小舟のごとく梨むけり　（東京都）青木千禾子

秋刀魚《さんま》食めば額《ぬか》にテラリと良き脂　（藤沢市）朝広三猫子

こんなにも大風呂敷の秋夕焼　（北海道鹿追町）髙橋とも子

☆すず虫をだいて下校の三連休　（成田市）かとうゆみ

だんじりの横転もあり秋祭　（阪南市）春木小桜子

鶉《うずら》飼ふ隣りの人は子規に似て　（筑西市）加田　怜

法師蟬なくや宝物展のうら　（浦安市）中崎千枝

どんぐりはまあるい心もつてゐる　（西東京市）岡﨑　実

評

新井さん。現われ出た黒い地表に「地の息」を感じた。大地と一体化したかのような充実のひと時。山口さん。音調が良い。コンとキン、ソメとセイが響いて。青木さん。リズムよく進む梨剝きを、軽快かつ大胆な比喩で捉えた。

【小林貴子選】　十月三十日

落花生引つ張り揚ぐる鴉《からす》かな　（焼津市）増田謙一郎

山鳴りを聞いて知りたり蛇笏の忌　（北名古屋市）月城龍二

恐竜の地層に潜む穴惑　（石川県内灘町）山本正浩

ご贔屓《ひいき》へ手拭いの波大相撲　（東京都）倉形洋介

猿酒にいよよ佳境の流離譚《りゅうりたん》　（東京都）朝田冬舟

ラフランス出窓に置くや女人めく　（土浦市）栗田幸一

☆すず虫をだいて下校の三連休　（成田市）かとうゆみ

水色のワンピース水色の日傘　（埼玉県寄居町）水野勝浩

十月や既に詠まれし吾の気持ち　（福島市）松本　恵

紅葉狩京都駅前バス乗り場　（新庄市）三浦大三

評

一句目、鴉は色々な遊びを知っている。地中から豆が出るとは、宝探しのよう。二句目、飯田蛇笏の住んだ甲斐の山河が読者の胸に迫り来る。三句目、化石が出る地層で冬眠にかかる蛇は、冬じゅう恐竜と会話をしているかも。

【長谷川櫂選】　十月三十日

国葬に国の軽さといふ秋思　（松山市）竹林一昭

整然と秋思三十三間堂　（町田市）鈴木　朗

来秋も在りて物言ふつもりかや　（東大和市）板坂壽一

整然と菊の国葬ただ哀れ　（坂戸市）安達順子

国葬の一部始終を冷やかに　（長野市）縣　展子

国葬の後味悪し秋の暮　（射水市）髙林信二

完膚なきまでに吹きたる野分かな　（つくば市）小林浦波

徴兵に国民露と消えゆけり　（八王子市）額田浩文

渓谷の野葡萄我を待ちて熟る　（西条市）河本　坦

博多署に三つ日保護さる秋夜長　（福岡市）前原善之

評　言いたいことを言うのが俳句の基本。一席。戦後政治史の汚点。国葬の句あまた。二席。こちらは京都の三十三間堂の仏たち。何と清々《すがすが》しい。三席。一寸先は闇。屈託なくしゃべっていても。十句目。こんなことも起こる。

【高山れおな選】　十一月六日

宵寒の易者にすがる妊婦かな　（志木市）谷村康志

颱風とゴジラは来たり南より　（横浜市）穴澤秋彦

蔦紅葉愛という字に見えて来し　（東京都）各務雅憲

老人の力あわせて秋祭　（熊本県玉東町）松本妙子

神の手のファスナー迅《はや》し流れ星　（春日部市）池田桐人

秋深き我が判然とせぬ平凡　（船橋市）斉木直哉

海賊に憧れる子の赤い羽根　（さいたま市）與語幸之助

国道を横切る猪《しし》や影絵のごと　（伊東市）山田みづほ

運動会顔のきれいな園児たち　（京都市）室　達朗

星流るまわりの星にいじめられ　（東海市）斉藤浩美

評

谷村さん。何やらただならぬ雰囲気。蕪村あるいは一茶の句にでもありそうな。穴澤さん。颱風とゴジラを「南より」で結びつけたのは発見。各務さん。錯覚だが、なぜか納得される。尾崎紅葉に〈揉砕く蔦や憂かりし人の紋〉。

【小林貴子選】　十一月六日

鷹柱《たかばしら》神の高みへ昇りゆく　（尾張旭市）小野　薫

羽衣の干されているや秋の空　（小山市）木原幸江

団栗《どんぐり》を飢饉《ききん》の如《ごと》く子の集め　（横須賀市）友松　茂

☆猫にもう寝ようと鳴かれ夜なべかな　（日光市）土屋恵子

「空が遠くなつたなあ」と捨案山子《すてかかし》　（さいたま市）岩間喜久子

毛繕ひの如く取り合ふ草虱《くさしらみ》　（神戸市）岸下庄二

秋澄むやはて我が身はと自問せり　（倉敷市）森川忠信

決り手はつるべ落しで今日も暮る　（和歌山市）佐武次郎

スコップですくうごととんぶり皿へ　（船橋市）武藤みちる

意識して歩幅大きく歩く秋　（久留米市）田中敏子

評

一句目、鷹の中には秋に南国へ渡る種があり、舞い立つ際に螺旋《らせん》を描き上昇することを鷹柱という。二句目、天女の羽衣がなびいているか……と思うほど美しい秋空。三句目、子どもは団栗が大好きだが、飢饉を想像するとは驚き。

【長谷川櫂選】　十一月六日

龍《りゅう》潜むやスコットランドの深き淵
（オランダ）モーレンカンプふゆこ

干大根戻すがごとく湯に浸る
（多摩市）谷澤紀男

九十九里今年一番の鰯雲
（流山市）渡部和秋

☆猫にもう寝ようと鳴かれ夜なべかな
（日光市）土屋恵子

平和賞要らぬ世となれ後の月
（横浜市）髙野　茂

柿食へば日本中の鐘が鳴る
（東京都）三浦民男

亡き夫の釘の高さや柿吊るす
（春日部市）池田桐人

一句とてつくりかねるや九十二は
（小金井市）藤岡政子

半日をかけて一本山の芋
（長崎市）下道信雄

秋風の紙の新聞熟読す
（川越市）横山由紀子

評

一席。スコットランドのドラゴンも淵に潜むか。中国起源の秋の季語。二席。温《ぬく》もりが節々にしみわたる。冬の夜のお風呂。三席。空と海の彼方《かなた》へつづく鰯雲。九十九里という名所。十句目。新聞を「紙の新聞」という時代。

【大串章選】　十一月六日

還暦と米寿の親子とろろ擂《す》る　（恵那市）春日井文康

虫しぐれ異国の丘に立ち尽くす　（堺市）吉田敦子

独りきりの結婚記念日十三夜　（横浜市）三浦　郁

異国語もまじる境内七五三　（越谷市）新井髙四郎

峡《かい》の宿虫鳴く闇の幾重にも　（奈良市）田村英一

秋の航夜の空港の沖とほる　（神奈川県松田町）山本けんえい

馬柵《ませ》に身をゆだねて秋の風を聴く　（小樽市）伊藤玉枝

新米と新酒の「新」を満喫す　（新潟市）岩田　桂

高齢の笛や太鼓や村祭　（長崎市）下道信雄

運動会かの日の我を孫に観き　（東京都）松木長勝

評　第一句。「還暦と米寿」に健やかな暮《くら》し振りが窺《うかが》える。共に天寿を全うして下さい。第二句。忘れられない海外旅行。「異国の丘」の「虫しぐれ」が懐かしい。第三句。二人で月見を楽しんだ結婚記念日。今は「独りきり」で寂しい。

【小林貴子選】　十一月十三日

三井寺《みいでら》の晴れて義仲寺《ぎちゅうじ》時雨《しぐ》れけり　（八王子市）徳永松雄

定住も時に疎まし秋の雲　（竹原市）梅谷看雲

鷹渡る翁《おきな》杜国《とこく》を見届けて　（大垣市）大井公夫

だつてしやうがないぢやないか色変へぬ松　（大阪市）大塚俊雄

吾子《あこ》泣いて南瓜《かぼちゃ》ひとつ分の重み　（大和市）林　有美

探すうち別のもの出《い》で秋深し　（東京都府中市）志村耕一

客《まろうど》はまれに来るひと濁酒　（下田市）森本幸平

上の空はわれの特技や鰯雲　（東京都大島町）大村森美

腹へると猫のダイスケいわし雲　（つくば市）蔵之内利和

山粧《やまよそお》ふごとく粧ひデヴィ夫人　（東京都）小山公商

評

一句目、三井寺と義仲寺は大津市にあり、その辺を時雨が渡ってゆく美景。二句目、金子兜太は「定住漂泊」と言った。一所《ひとところ》に安住できぬ心。三句目、芭蕉とその弟子の杜国は伊良湖岬で鷹の渡りを見たが、その景を鷹側から描写。

【長谷川櫂選】　十一月十三日

冷ややかや水がいつしか水らしく　（玉野市）勝村　博

人の死へ銀河鉄道下りて来し　（横浜市）飯島幹也

朽ちるまで化粧を競ふ落葉かな　（さいたま市）新井泰子

糠床《ぬかどこ》の深き底から秋茄子《あきなすび》　（いわき市）佐藤朱夏

後の月真打めくやうつとりと　（京都市）室　達朗

戦争と云《い》ふしかばねの冬に入る　（福島県伊達市）佐藤　茂

無花果の爛《ただ》れてすでに蜂のもの　（奈良市）阪上　元

その上に富士その上に秋の雲　（北本市）萩原行博

へうたんや今宵《こよい》も風に酔ひたるか　（大和市）荒井　修

帰り花ありほほゑんで一休み　（熊谷市）内野　修

評　一席。冷ややかな秋の水、冷たい冬の水。水らしい水。二席。川で溺れたカムパネルラ。その魂を天上へ運んだ銀河鉄道。三席。人の姿をみるようでもある。落葉とはいえ。十句目。帰り花にしばしたたずむ人のやさしさ。

【大串章選】　十一月十三日

抱へ込む一人の地獄天高し　（船橋市）斉木直哉

夭逝《ようせい》の才能おもふ彼岸花　（玉野市）北村和枝

夕焼けや黒塀をゆく猫白し　（八王子市）大串若竹

枯葉道かそけき音のチワワ行く　（国立市）加藤正文

十三夜故郷は遠き海の町　（札幌市）伊藤　哲

桜紅葉きのふにけふの色加ふ　（伊丹市）保理江順子

思ひ出は埋火《うずみび》のごと八十路《やそじ》かな　（岡崎市）米津勇美

渡し場の杭に呼ばるる赤とんぼ　（いわき市）中田　昇

廃駅のホームにひとり天高し　（横浜市）志摩光風

稲架《はさ》越しに声を掛けらる夕まぐれ　（塩尻市）古厩林生

評　第一句。俳句が貴君を支えます。句作に励めば地獄に堕《お》ちることはありません。「一人の地獄」なんて思わないで下さい。第二句。若死にされた方は才能豊かで、前途を嘱望された人だったのだ。第三句。赤、黒、白の取合《とりあわ》せが良い。

【高山れおな選】　十一月十三日

秋冷や置けば折鶴みな傾《かし》ぐ　（大阪市）今井文雄

勲章にならむと胸に来る蝗《いなご》　（金沢市）前　九疑

蛇笏忌や奇妙な号と思ひつつ　（福岡県鞍手町）松野賢珠

果ても無い世界の中に天高し　（筑紫野市）二宮正博

刈田道来る口笛のビブラート　（東京都）竹内宗一郎

戒名に〝雲〟一字欲し秋彼岸　（市川市）渡辺迪子

秋草にさいならさいなら舞う黄蝶　（小松市）太田太右衛門

一度見た馬上花嫁秋だった　（久喜市）三餘正孝

地芝居の時代考証蔑《ないがし》ろ　（名古屋市）山内基成

鈴の音が牛舎へ向ふ花野かな　（宮若市）光富　渡

評

今井さん。〈帰り花鶴折るうちに折り殺す　赤尾兜子《とうし》〉の激しさはないが、静かな情念を感じさせる「みな傾ぐ」ではないか。松前さん。ふとした些事《さじ》をみごとに諧謔《かいぎゃく》化。松野さん。あえて蛇の字を号に使うところに狷介《けんかい》さが滲《にじ》む。

【長谷川櫂選】　十一月二十日

またの世も家族にならん草の花　（春日部市）池田桐人
この世での最後の眠り夜の秋　（洲本市）輔老絢子
富士山の大噴火口秋の旅　（倉敷市）河野秀雄
水を切る舳先《へさき》称《たた》へよ秋の景　（蒲郡市）牧原祐三
九十歳も悪魔退治をハロウィーン　（西東京市）柴田雅子
秋風やたぶん最後の同窓会　（日進市）松山　眞
原爆の日に始まりし秋終る　（横浜市）三玉一郎
手探りの俳句の宇宙星月夜　（長崎市）下道信雄
露の世の露の身にして何やかや　（大阪市）眞砂卓三
ダメ虎に一生捧げ秋の風　（松阪市）石井　治

評

一席。この夫婦と子どもたちでまた家族になりたい。生まれ変わっても。二席。亡くなる人だろうか。末期の一夜。三席。富士火口とは壮大。飛行機の窓から見下ろしたか。十句目。熱烈なタイガースファン。充足の一句。

【大串章選】　十一月二十日

鰯雲ベッドの母を泳がせよ　（岡山市）大石洋子

丹念に紅ひく祖母や七五三　（北本市）萩原行博

新走《あらばしり》酒豪の祖父を語り継ぐ
（熊本県氷川町）秋山千代子

朗々と歌ふ卒寿や秋祭　（広島市）谷脇　篤

亡き人の庭より聞こゆ虫の声　（松戸市）水落英子

六十代最後の秋を惜しみけり　（松山市）正岡唯真

駅ピアノ弾く外套《がいとう》の老紳士　（武蔵野市）相坂　康

石切場あらはに山の粧《よそお》へる　（筑西市）加田　怜

単線の母のふるさと山眠る　（東京都）大澤都志子

葬送も婚儀も通り刈田道　（大村市）小谷一夫

評　第一句。寝た切りの母を思う孝心。鰯雲を見ながらゆっくり寛《くつろ》いでほしい。第二句。今日は七五三、孫と一緒に氏神に詣でる。紅をひく祖母がうれしそう。第三句。新酒の頃になると「酒豪の祖父」を思い出し、みなで語り合う。

【高山れおな選】　十一月二十日

☆鉛筆で冬の気持ちを語るなり　（神戸市）豊原清明

長き夜の白黒「東京物語」　（福岡市）釋　蜩硯

円安の理屈聞きつつおでん酒　（東京都）野上　卓

海を見るための椅子あり鰯雲　（栃木県壬生町）あらゐひとし

エンドロールぼんやりと見る夜長かな　（稲城市）日原正彦

遠吠《とおぼえ》に遠吠のある後の月　（東京都）望月清彦

はしご酒並木でむくどり沸きかえる　（新座市）丸山巌子

撫子《なでしこ》や指輪の銀の薬指　（町田市）大野由華

集合写真赤マフラーの八十路かな　（伊丹市）保理江順子

土俵ある小学校や木曽の秋　（伊賀市）福沢義男

評　豊原さん。軽くて乾いた鉛筆と「冬の気持ち」がフィット。林田紀音夫に〈鉛筆の遺書ならば忘れ易からむ〉。釋さん。映画を見返す、自らの「長き夜」もまた白黒だと言うのだ。野上さん。「円安の理屈」という要約が巧みだ。

【小林貴子選】　十一月二十日

瓜坊《うりぼう》の早くも猪突猛進《ちょとつもうしん》す　（諏訪市）矢崎義人

妻逝きてテレビ空しき夜長かな　（大田市）安立　聖

帚木《ほうきぎ》と思へばゆかしコキアもみづ　（新潟市）松井　弓

☆鉛筆で冬の気持ちを語るなり　（神戸市）豊原清明

朝寒やそり返り飲む粉薬　（横浜市）有馬和子

秋麗オカピの尻を眺めをり　（横浜市）大駒泰子

障子貼り頼めば夕べさっと嵌《は》め　（八王子市）斎賀　勇

冬の日や三時の日向四時の影　（富田林市）堀内　諭

手の内を隠して二人日向ぼこ　（高松市）髙田尚閑

爽やかやラストレースの小平奈緒　（白井市）酒井康正

評

一句目、猪《いのしし》の子は可愛いが、性格は親譲りという句。二句目、テレビを見て楽しかったのも妻と一緒だったからと知り身にしみる。三句目、皆さん、観光地のコキアを見て来たら句に詠う時は「帚木紅葉」の語をご活用ください。

【大串章選】　十一月二十七日

黄落《こうらく》や音無き音のただ中に　（所沢市）髙橋裕見子

生涯に二つの故郷鳥渡る　（加古川市）森木史子

過去未来今は語らず星月夜　（熊本市）柳田孝裕

遺《のこ》されし者に残りし夜長かな　（仙台市）鎌田　魁

卒寿なる恩師の手紙冬ぬくし　（本庄市）佐野しげを

爽やかや少女指揮とる鼓笛隊　（草津市）井上次雄

山峡の日差し集めて柿すだれ　（長野市）縣　展子

七輪は捨てず使はず一葉忌　（富士市）蒲　康裕

襖《ふすま》絵《え》にしても淋しき枇杷《びわ》の花　（島根県邑南町）服部康人

この奥に集落一つ渓紅葉《たにもみじ》　（高知市）和田和子

評　第一句。「音無き音」は耳ではなく心で聞くもの。黄落に浸っているとよく分かる。第二句。生まれ育った土地も長年暮らした地域も生涯忘れない故郷である。第三句。今は黙して星月夜に身を委ねる。この一時を大事にしたい。

【高山れおな選】　十一月二十七日

大根も大根足もよかりけり　（東京都）長谷川　瞳

口に入り肛門《こうもん》に出る稲光　（横浜市）飯島幹也

防波堤の向かうの光秋の颪　（蒲郡市）牧原祐三

秋の鯉ぽかんぽかんと口を開け　（我孫子市）森住昌弘

金秋やリボンのやうな坂に酔ふ　（東京都）吉竹　純

諺《ことわざ》で叱る祖母ゐた文化の日　（富士市）蒲　康裕

啼《な》き競ふ鴨《かも》の聲《こえ》より明く山湖　（伊万里市）田中南嶽

敗荷《やれはす》の心に親し鬱《うつ》の日は　（前橋市）荻原葉月

こほろぎと一対一の夜更けかな　（塩尻市）古厩林生

十月のメルツェンビアの泡清し　（野洲市）大藪恵子

評

長谷川さん。「少女らの粉の吹いた冬のなま足もふとった大根も……」とメモ。特に付け加えることなし。飯島さん。厚い雲の上と下に稲光。何だか凄《すご》い表現が、オオゲツヒメの神話を連想させる。牧原さん。海光の激しさを思う。

【小林貴子選】　十一月二十七日

病窓やさながら秋の雲図鑑　（姫路市）橋本正幸

病院の手順に不馴《ふな》れ枇杷の花　（下関市）内田恒生

むだばなし会への誘ひ小鳥くる　（堺市）吉田敦子

木瓜《ぼけ》の実のいづれもファニーフェースかな　（上尾市）吉田みのる

書より目を移せば鳥の渡りをり　（玉野市）北村和枝

国会中継翅《はね》たたみ得ぬいぼむしり　（岡谷市）大島弘人

ていねいにポストへ一句暮の秋　（横浜市）大垣孝子

吾子の目の大きく動き秋の声　（東京都）松尾羽衣子

小春日や妻の言ひなりされるなり　（匝瑳市）椎名貴寿

契約をすれば洗剤文化の日　（所沢市）岡部　泉

評　一句目、私も病臥《びょうが》していた時はぽかんと雲ばかり見ていたっけ。二句目、何事も回数を重ねれば慣れるが、病院にはご無沙汰の方が良い。三句目、この会は楽しそうで参加したくなる。四句目、「ファニーフェース」とは言い得て妙。

【長谷川櫂選】　十一月二十七日

天高く地球を回るホームラン　（八尾市）宮川一樹

年毎《としごと》にせばまる世界秋惜しむ　（北海道鹿追町）髙橋とも子

熱燗でまるごと冬になりにけり　（新座市）丸山巌子

秋ははや阿蘇山上を去りてゐき　（福岡県鞍手町）松野賢珠

自然薯《じねんじょ》のすべて晒《さら》されゐたるなり　（横浜市）我妻幸男

八ケ岳峰峰凍《い》てて輝けり　（東京都）松木長勝

褌《ふんどし》やこれぞ播州秋祭　（尼崎市）田中節夫

肌寒といふは人肌恋ふること　（今治市）横田青天子

一人居て小さき秋刀魚二匹焼く　（藤沢市）朝広三猫子

ごみ置き場に句集の束や秋の風　（仙台市）三井英二

評

一席。爽快なホームラン。大袈裟《おおげさ》は一句を生む。二席。ウクライナも北朝鮮もすぐそこにある。せわしない時代。三席。体全体が冬になったような気がするのだろう。この世全体も。十句目。すべて反故《ほご》。これが俳句の原点。

【高山れおな選】　十二月四日

大根の二分の一を手にまよふ　（霧島市）久野茂樹

いかがわしきも疑わしきも文化の日　（松山市）谷　茂男

木菟《みみずく》の首良く回り森暮るる　（川越市）大野宥之介

何も彼も初冬といふ貌《かお》をして　（今治市）横田青天子

吾《われ》もはら草食老人貝割菜　（名古屋市）池内真澄

ハロウィーン目白押しとは冷《すさ》まじく　（福岡市）藤掛博子

算額に丸と三角秋日射す　（福島県伊達市）丘野沙羅子

稽古場で区長腕組み村芝居　（対馬市）神宮斉之

冬ぬくし閉園知らす円舞曲　（西宮市）中上馥子

評　久野さん。「二分の一」という細部が生きている。谷さん。同じ作品やジャンル・潮流も、価値観の変化と共に評価を上下させる。皮肉という以上に真理の句。大野さん。ぴしぴしと言葉を打ち込んで、動きと光の変化を捉えた。

【小林貴子選】　十二月四日

じっとしてゐるが精勤茎の石　（取手市）菊地清人

病人の我儘《わがまま》哀し雪蛍　（生駒市）橋谷悦子

生甲斐《いきがい》も目標もなし冬立ちぬ　（茅ヶ崎市）内海清女

まるきもの転がつてをり狸かな　（宇部市）伊藤文策

秋灯下好きが仕事になりにけり　（東京都）黒津　徹

秋夕焼ゴミ箱衛る烏《からす》二羽　（小平市）本多達郎

枝豆や平行線の人生論　（名古屋市）松末充裕

つくづくと立派な齢《よわい》栗ごはん　（広島市）谷脇　篤

新刊書買って浮き浮き鰯雲　（大野城市）中村一雄

自然薯の二つ折りして贈らるる　（神戸市）山田ふみこ

評　一句目の「茎の石」は漬物石で、冬の季語。桶《おけ》の上で動かずに頑張っている。二句目、病の人のわがままは聞き届けたいが、無理なこともあり、せつない。三句目、生き甲斐は俳句作りに、目標はもう一句入選にしよう。皆様も。

【長谷川櫂選】　十二月四日

月蝕《げっしょく》を十分ごとに観る夜長　（藤沢市）大竹美智子

ラグビーや後講釈の負け戦　（大和市）荒井　修

激しく豊かに少年の白息　（岐阜県揖斐川町）野原　武

身に入《し》むやはきつぶしたる靴の数　（仙台市）鎌田　魁

人類の滅ばぬやうにマスク付け　（中津川市）細江敬子

定年となりて何年秋惜しむ　（宇部市）伊藤文策

ふるさとの小山に登り天高し　（長崎市）濱口星火

啄《ついば》まれ片身をさらす木守柿　（長崎市）下道信雄

秋さやか国が弔ふエリザベス　（松本市）金田伸一

跨《また》ぐなと言へば踏むかや虎落笛《もがりぶえ》　（東京都）伊藤直司

評　一席。刻々と変わる皆既月食。気の滅《め》入《い》る人間界の外で。二席。結果が出てからあれこれいうのが後講釈。人生もまた。三席。五七五の定型に収めれば、失われてしまう詩情。十句目。「北の脅威」とある。

【大串章選】　十二月四日

藁塚《わらづか》は絶滅危惧種見あたらず
（鳥取県大山町）表　いさお

白無垢《しろむく》の妻も白髪や蕎麦《そば》の花
（富士見市）小島　孝

無欲とは大きな欲や日向ぼこ
（多摩市）金井　緑

煩悩の断捨離難し懐手
（柏市）藤嶋　務

露けしや孝行したき親はなし
（横浜市）花井喜六

新米の袋の中の光かな
（埼玉県皆野町）宮城和歌夫

人を借り物を借りたり運動会
（三田市）大川宣子

引く波を追ひて千鳥の早歩き
（川越市）大野宥之介

就中《なかんずく》わが町内の紅葉かな
（我孫子市）森住昌弘

本家より分家にぎやか竹の春
（神奈川県寒川町）石原美枝子

評　第一句。今はコンバインの時代、稲の刈取《かりと》り・脱穀・選別と一気にやってしまう。「藁塚」の出番はない。第二句。「白無垢」「白髪」に白い「蕎麦の花」を添えて和やか。第三句。確かにその通り。人間はなかなか無欲になれない。

【小林貴子選】　十二月十一日

痛くなる部分がこころ帰り花　（横浜市）三玉一郎

てのひらに多感の木の実文芸部　（浜松市）大平悦子

天高し一句落ちてはこないかと　（松阪市）石井　治

☆分からないなりのラグビー胸激《たぎ》つ　（東京都）夏目そよ

こんな夜は祖父の語りの狐譚《きつねたん》　（大和郡山市）ひさとみ純代

月蝕を時々ながめ毛糸編む　（川崎市）小関　新

榛名湖の冷えのはじめを波頭　（高崎市）本田日出登

猫たちの重み満更《まんざら》でもなき布団　（東京都）伊東澄子

極月や俄《にわか》に疼《うず》く吉良贔屓《びいき》　（大村市）髙塚酔星

旅立のうた唄ひつゝ木の実降る　（奈良市）田村英一

評

一句目、心臓がズキュンとなる。何という痛みか。二句目、高校の必修国語に文学は不要といわれる時代、多感な諸君よ頑張れ。三句目、俳句は天から落ちてはこないが、自然と仲良くしていると天恵のように授かることはある。

【長谷川櫂選】　十二月十一日

この時代神は元気か神の旅　（東京都）野上　卓

鯖雲《さばぐも》やひとに疲れし午後三時　（東京都）漆川　夕

生き死にの狭間《はざま》に小春日和かな　（愛知県阿久比町）新美英紀

☆分からないなりのラグビー胸激つ　（東京都）夏目そよ

寒竹の子を金平にありや美味《うま》い　（下関市）清水幽人

一言に返す一言夜寒かな　（宝塚市）吉田賢一

芭蕉忌や我が旅心ままならず　（福知山市）森井敏行

こんなにも減らして買ふや年賀状　（町田市）藤巻幸雄

代はる代はる世を癒やしけり返り花　（さいたま市）春日重信

身に入むや「元気ですか！」の空元気　（西海市）前田一草

評　一席。肝心なときに神は無言。あなたの意見が聞きたい。二席。ため息のような一句。鯖雲の広がる空を仰ぎながら。三席。すばらしい初冬の青空。死さえ息を潜めているようだ。十句目。空元気の虚《むな》しさにふと気づいたか。

【大串章選】　十二月十一日

米寿まで生きて田仕舞するつもり　（海南市）榎　好子

悪役におひねりどつと村芝居　（和歌山県上富田町）森　京子

冬林檎《ふゆりんご》セザンヌ風に置きにけり　（玉野市）加門美昭

点滴につながれ冬を迎へけり　（福岡市）釋　蜩硯

新酒とは無縁古酒さへ放置して　（玉野市）勝村　博

熱燗に代々繋《つな》ぐ縁《えにし》あり　（さいたま市）齋藤紀子

峡《かい》の村浮立《ふりゆう》にひと日暮れにけり　（小城市）福地子道

紅葉狩ここにも人の住みし跡　（廿日市市）伊藤ぽとむ

旅先の試飲の新酒買ひにけり　（多摩市）岩見陸二

それぞれの樹にそれぞれの黄落期　（札幌市）伊藤　哲

評

第一句。「米寿まで」が健やかで良い。楽しい「田仕舞」を迎えて下さい。第二句。「悪役に」が面白い。和やかな「村芝居」の雰囲気も伝わってくる。第三句。セザンヌには「りんごとビスケット」など林檎を描いた絵が沢山《たくさん》ある。

【高山れおな選】　十二月十一日

血みどろの地球の影に月凍つる　（八王子市）額田浩文

鷹ひとつ天体ショーの明けの空　（東京都）久塚謙一

あと愛があれば勝組大根食ぶ　（大阪市）上西左大信

手指消毒して神農の虎を享《う》く　（大阪市）今井文雄

ふゆがきてあまえびのさしみたべたよ　（新潟県弥彦村）熊木和仁

綿虫や声なき声のあふれくる　（横浜市）猪狩鳳保

月蝕の終はればギラリ冬の月　（藤沢市）朝広三猫子

一日の裏側怖し秋の夕　（佐渡市）千　草子

猫パンチまともにくらひ日向ぼこ　（長野市）縣　展子

凩《こがらし》に退勤のみな狐顔　（伊万里市）萩原豊彦

評

額田さん。十一月八日の皆既月食の句、多数。中でも掲句の角度の意外さと鋭さは出色。久塚さん。月食のあった翌九日の東雲《しののめ》の景。ドラマチックで清爽。上西さん。自嘲のような自慢のような。要するに大根がすごく美味いのだ。

【長谷川櫂選】　十二月十八日

地を汚し天を穢《けが》してクリスマス　（藤沢市）一色伽文

☆煮こごりや魚の涙吸うてやる　（札幌市）関根まどか

人生の灯ともし頃や温《ぬく》め酒　（八王子市）額田浩文

福島のただ過ぎてゆく年惜しむ　（福島県伊達市）佐藤　茂

冬灯《ふゆともし》消しては灯す俳句かな　（長崎県小値賀町）中上庄一郎

徐《おもむろ》に点《つ》きて昂ぶる冬の燈　（川越市）佐藤俊春

焼藷屋《やきいも》こゑの止むとき客あらむ　（飯塚市）讃岐　陽

亡き妻の肩に手を置き菊日和　（市川市）をがはまなぶ

言葉ひとつ脳の迷路を徘徊《はいかい》す　（オランダ）モーレンカンプふゆこ

レノン忌に都はるみを聴くもよし　（栃木県壬生町）あらゐひとし

評　一席。「地を汚し……」とは人間への告発。クリスマスを前にして。二席。煮《に》凝《こご》りは魚の涙であるというのだ。人魚の涙のようなな。三席。「人生の灯ともし頃」とは。たそがれでは詩にならない。十句目。ジョン・レノン忌は十二月八日。

【大串章選】　十二月十八日

露の世に遺す自分史ありていに　（和歌山市）かじもと浩章

落葉踏む音あたらしく懐かしく　（八代市）山下しげ人

日向ぼこ孤独もいつか忘れたり　（横浜市）込宮正一

我が為《ため》や妣《はは》地吹雪の地に倒る　（船橋市）斉木直哉

笹子鳴く峡《かい》の古刹《こさつ》の静寂《しじま》かな　（高槻市）日下總一

冬蜂の巣に抱きついて動かざる　（前橋市）荻原葉月

路地裏といへど銀座のおでん酒　（大阪市）上西左大信

落葉の海幅跳《はばとび》の子の着地点　（前橋市）武藤洋一

晴天に鈴なりの柚子《ゆず》過疎の村　（横浜市）喜多康裕

無住寺の庭師黙黙冬めける　（山形市）揚妻愛子

評　第一句。人の生き方はさまざま、「ありていに」が好い。〈露の世は露の世ながらさりながら　一茶〉。第二句。「あたらしく」「懐かしく」と重ねたところに実感がある。第三句。身も心も温まる「日向ぼこ」。無我の境に入る。

【高山れおな選】　十二月十八日

冬木のさき冬木冬木のさき冬木　（川越市）大野宥之介

鷹柱ふいに落ちくる一羽なし　（直方市）岩野伸子

☆煮こごりや魚の涙吸うてやる　（札幌市）関根まどか

白い雨ともなふことも神渡し　（牛久市）中村槃子

六本木渋谷原宿穴惑ひ　（町田市）川井一郎

鯛焼を食べに行こうと来し葉書　（船橋市）兼子伊智子

煤逃《すすに》げの巨漢ぞろぞろ床屋かな　（東大阪市）宗本智之

銀行のさすがと思ふ雪囲ひ　（青森市）小山内豊彦

湖畔来てお握りころり濃竜胆《こりんどう》　（小城市）福地子道

暖房車曇り拭へば最上川　（川越市）益子さとし

評

大野さん。街路樹か、森の中の道か。落葉を踏みしめて一歩また一歩。江見水蔭に〈踏入らば人も枯れなむ冬木立〉。岩野さん。大自然の営みを固唾《かたず》を飲んで見守る緊張感。関根さん。眼玉《めだま》をしゃぶった時に湧いた感慨だろうか。

【小林貴子選】　十二月十八日

熟柿《じゅくし》食ぶ蓋《ふた》取るごとく蔕《へた》を取り　（土浦市）栗田幸一

冬岬ここから先は光だけ　（我孫子市）森住昌弘

冬日燦《さん》いい夫婦の日いくたびも　（敦賀市）中井一雄

聖樹高く御巣鷹山に子ら集ふ　（武蔵野市）川島隆慶

バス待ちや踵《かかと》とんとん冬めける　（神戸市）谷口久美子

手伝はぬいや邪魔をせぬ年の暮　（富士市）村松敦視

やり直し英語は楽し返り花　（さいたま市）内田　宏

どこかいつも子に摑《つか》まれていた花野　（飯塚市）古野道子

猪《いのしし》の言分《いいぶん》聞いて野に放つ　（神戸市）岸下庄二

一本の帚木紅葉濃き影を　（三木市）内田幸子

評

一句目、果肉がとろとろの熟柿のへたはまったく容器の蓋のように見える。二句目は美しい風景句。岬が尽きて海だけになるのを、光で表現した。三句目、語呂合わせで十一月二十二日が「いい夫婦の日」。どうぞ皆様お幸せに。

【大串章選】　十二月二十五日

潔き白寿の母よ紅葉散る　（名古屋市）平田　秀
寄鍋《よせなべ》や酒は地酒と決めてをり　（糸魚川市）砂山泰彦
金太郎飴稚《やや》より貰《もら》ふ小春かな　（恵那市）春日井文康
天高し女性指揮者の身のこなし　（生駒市）青木英子
九十九里洋凧《ようだこ》ひとつ揚がりゐる　（新座市）丸山巌子
山頂で卒寿の祝ひ天高し　（日野市）小池まさ子
大切な命を活《い》かす返り花　（京都市）室　達朗
全席に笑顔小春のバスの旅　（泉大津市）多田羅紀子
高嶺星《たかねぼし》国栖《くず》の紙漉《す》く明りかな　（尾張旭市）古賀勇理央
佇《たたず》めば吾も独りの枯野人　（別府市）梅木兜士彌

評　第一句。「潔き」が心に響く、「白寿の母」を敬う思いが爽やかに伝わる。白寿は99歳のこと。第二句。一生飲み続ける「地酒」であろう。郷土愛を思わせる句。第三句。「稚より貰ふ」がほほえましい。和やかな情景。

【高山れおな選】　十二月二十五日

拾ひたき落葉ばかりで拾はざる　（藤岡市）飯塚柚花

木の葉浮く池の真中に恵比寿神　（狛江市）舘岡靖子

母の字を思ひ出したるクリスマス　（南魚沼市）木村　圭

死刑ある国に雪吊り光りをり　（東村山市）髙橋喜和

大根を手に手に大根談議かな　（石川県能登町）瀧上裕幸

時雨忌の時雨過ぎゆく詩仙堂　（津市）中山みちはる

十二月第九流れて歯を抜かれ　（日進市）松山　眞

新聞もテレビもすべて秋惜しむ　（国分寺市）田邉龍郎

羽子板を溢《あふ》れ出したる團十郎《だんじゅうろう》　（北本市）萩原行博

新そばや白き前掛け白き指　（さいたま市）折原孝美

評

飯塚さん。心の動きにより、落葉の美を描かずして描いた。舘岡さん。よくある景を「木の葉浮く」が生き生きとした今に変えた。木村さん。「母の字」とは母の書き癖のことか。クリスマスが呼び覚ました、家族の時間の記憶。

【小林貴子選】 十二月二十五日

人生はパラパラ漫画暮早し　（会津若松市）湯田一秋

漢字から墨の垂れたる年の暮　（南魚沼市）木村　圭

ごめんな返り花よもう来れへんね　（神奈川県葉山町）熊谷壽瑛

水鳥の急げば水尾の長くなる　（東かがわ市）桑島正樹

微積分ブロッコリーのフラクタル　（埼玉県宮代町）鈴木清三

小さくも大きくもなる屏風《びょうぶ》かな　（東京都）長谷川　瞳

覚悟しや尉《じょう》に火箸を突き立てて　（岐阜県揖斐川町）野原　武

自転車の籠にいつより紅葉かな　（東京都）漆川　夕

冬空の涯《はて》まで行きて涯を見む　（仙台市）安川仁子

大根の畑尽くれば湾光る　（東京都）荒井　整

評

一句目、パラパラ漫画をめくり終える速度で人生はあっという間に過ぎ去る。二句目、今年の漢字が立てかけて揮毫《きごう》される時、墨が垂れる。私もあれが気になっていた。三句目はいわゆる上手な句ではないが、真情が滲み胸打たれる。

【長谷川櫂選】　十二月二十五日

蛇笏の山龍太の川や甲斐の冬　（北本市）萩原行博

九十歳ふるさとの山みな眠る　（新座市）丸山巌子

風花や八海山から吹きおろす　（横浜市）鶴巻千城

アマゾンの箱の届きてクリスマス　（多摩市）谷澤紀男

よたよたの帚ねかせて十二月　（横浜市）加藤敬子

猛禽《もうきん》のノスリが守る紀伊山地　（新宮市）中西　洋

温石に硬き足うら八十年　（越谷市）新井髙四郎

ラグビーボール首を振りつつバーを越ゆ　（大津市）星野　暁

作句力落ちしを歎《なげ》くちゃんちゃんこ　（八王子市）徳永松雄

ゆつくりと波郷を読むぞ波郷の忌　（東京都）金子文衛

評

一席。〈芋の露連山影を正しうす　蛇笏〉。〈一月の川一月の谷の中　龍太〉。二席。九十歳の境地とは。冬の山々に囲まれて。三席。青空にそびえる八海山。新潟の魚沼を象徴する山。十句目。命日はその人を深く知るきっかけ。

朝日俳壇選者略歴

長谷川櫂（はせがわ・かい）

１９５４年２月20日、熊本県生まれ。東京大学法学部卒。２０００年10月より朝日俳壇選者。「きごさい」代表。「古志」前主宰。『俳句の宇宙』（中公文庫）でサントリー学芸賞、句集『虚空』（花神社）で読売文学賞。句集『太陽の門』『沖縄』『震災歌集　震災句集』（青磁社）。ほかに『古池に蛙は飛びこんだか』（中公文庫）、『おくのほそ道』（ＮＨＫ「100分de名著」ブックス）、『文学部で読む日本国憲法』（ちくまプリマー新書）、『俳句の誕生』（筑摩書房）、『俳句と人間』（岩波新書）など。

大串　章（おおぐし・あきら）

１９３７年11月６日、佐賀県生まれ。京都大学経済学部卒。日本鋼管入社。大野林火に師事。94年「百鳥」創刊主宰。２００７年１月より朝日俳壇選者。愛媛俳壇選者。俳人協会会長。日本文藝家協会理事。句集に『朝の舟』（俳人協会新人賞・浜発行所）、『天風』（角川学芸出版）、『大地』（俳人協会賞・角川学芸出版）、『山河』（角川学芸出版）、『海路』（ふらんす堂）、『恒心』（角川書店）など。ほかに『現代俳句の山河』（俳人協会評論賞）、『名句に学ぶ俳句の骨法』（共著、角川選書）、講演集に『俳句とともに』（文學の森）など。

高山れおな（たかやま・れおな）

1968年7月7日、茨城県生まれ。早稲田大学政治経済学部卒。俳誌「豈」同人。2010年4月から2年間、朝日新聞「俳句時評」欄を担当。18年7月から朝日俳壇選者。句集に『ウルトラ』（中新田俳句大賞スウェーデン賞・沖積舎）、『荒東雑詩』（加美俳句大賞・沖積舎）、『俳諧曾我』（書肆絵と本）、『冬の旅、夏の夢』（朔出版）。その他の著書に『切字と切れ』（邑書林）、『尾崎紅葉の百句』（ふらんす堂）、共編著に『セレクション俳人プラス　新撰21』（邑書林）など。

小林貴子（こばやし・たかこ）

1959年8月15日、長野県生まれ。信州大学人文学部卒。宮坂静生に師事。84年より「岳」編集長。2022年4月より朝日俳壇選者。現代俳句協会副会長。俳文学会会員。句集に『海市』（牧羊社）、『北斗七星』『紅娘』（本阿弥書店）、『黄金分割』（朔出版）。ほかに『もっと知りたい日本の季語』（本阿弥書店）、『秀句三五〇選　芸』（編著、蝸牛社）。共著に『12の現代俳人論　上』（角川選書）、『拝啓　静生百句』（花神社）。

あとがき

二〇二二年、特に心に残った三つのことを書きたい。

まずは、四月三日の紙面から小林貴子さんが選者に加わったことだ。約四十年間にわたって選者を務め、二月に死去した稲畑汀子さんの後任。この日の紙面で小林さんは、稲畑さんを悼む二つの句を選んだ。〈春眠や汀子先生御健在　今治市・横田青天子〉〈こんなにも哀しい春があるものか　枚方市・石橋玲子〉

小林さんは就任前の私のインタビューに、こう答えてくれていた。「選句は、作者と私との対話。選者とは、俳句と読者との懸け橋で、作者から受け取ったバトンを読者に手渡す役目」。小林さんの師で俳人の宮坂静生さんは私に「朝日俳壇に新しい風が吹きますよ」と太鼓判を押していた。

もちろん、小林さんへの評価は投句者と読者のみなさまに委ねるのだが、四人の選者の中で初入選の方の句を一番多く選んだのが小林さんだったことは記しておきたい。

二つ目は、二月に勃発したロシアによるウクライナ侵攻を題材にした句が次々と寄せられたことだ。三月二十七日紙面で〈第三次世界大戦匂ふ春　新宮市・中西洋〉を選んだ長谷川櫂さんは「評」で「目に余るプーチン大統領の非道。世界よ許すな」と書いた。同感の読者は多かっただろう。四月三日紙面では小林貴子選に〈春遠し防空壕の新生児　松阪市・石井治〉、高山れおな選に〈難民に母と子多き氷点下　朝倉市・深町明〉、長谷川櫂選に〈春よ来い旧き都の尖塔に　名古屋市・池内真澄〉。

三つ目は、「朝日俳壇賞」受賞者四人のうち三人を女性が占めたことだ。前回は四人全員が男性だったので、女性投句者の頑張りをたたえたい。

朝日新聞文化部「朝日俳壇」担当・西　秀治

朝《あさ》日《ひ》俳《はい》壇《だん》2022

二〇二三年四月三〇日　第一刷発行

選者　長《は》谷《せ》川《がわ》櫂《かい》　大《おお》串《ぐし》章《あきら》　高《たか》山《やま》れおな　小《こ》林《ばやし》貴《たか》子《こ》

編者　朝日新聞社

発売　朝日新聞出版

〒一〇四—八〇一一　東京都中央区築地五—三—二

電話　〇三—五五四〇—七六六九（編集）

〇三—五五四〇—七七九三（販売）

印刷所　凸版印刷株式会社

定価は外函に表示してあります。

ISBN978-4-02-100311-0

落丁・乱丁の場合は弊社業務部（電話〇三－五五四〇－七八〇〇）へご連絡ください。送料弊社負担にてお取り替えいたします。

朝日歌壇 2022

朝日新聞社編

馬場あき子
佐佐木幸綱
高野公彦
永田和宏
選